AF273366

MARIO ESCOBAR (Madrid, 1971) es licenciado en Historia y diplomado en Estudios avanzados de historia moderna. Es profesor en la UNED, conferenciante y colabora habitualmente con varios medios de comunicación. Ha publicado *Canción de cuna de Auschwitz*, *Recuérdame*, *La casa de los niños*, *La librera de Madrid* y *Las vidas perdidas*, entre otras muchas novelas. Sus libros han sido traducidos a más de quince idiomas, y es uno de los autores más leídos en países como Estados Unidos, México, los Países Bajos, Italia y Polonia, donde ganó el Premio Empik 2020 de novela. Hoy reparte su tiempo entre la literatura, los viajes y la docencia.

📷 @marioescobar.oficial
🟦 Mario Escobar Escritor
✖️ @EscobarGolderos
🎵 marioescobaroficial
🔗 Mario Escobar Golderos

Papel certificado por el Forest Stewardship Council®

Primera edición en B de Bolsillo: septiembre de 2025
Segunda reimpresión: enero de 2026

© 2024, Mario Escobar
Autor representado por Bookbank Agencia Literaria
© 2024, 2025, Penguin Random House Grupo Editorial, S. A. U.
Travessera de Gràcia, 47-49. 08021 Barcelona
Diseño de la cubierta: José Luis Paniagua
Imagen de la cubierta: José Luis Paniagua a partir de imágenes
de © Arcangel / Joanna Czogala, Shutterstock, Depositphotos y Dreamstime

Printed in Spain – Impreso en España

ISBN: 978-84-10381-28-5
Depósito legal: B-12.024-2025

Compuesto en Llibresimes
Impreso en Liberdúplex
Sant Llorenç d'Hortons (Barcelona)

BB 81285

La librera de Madrid

MARIO ESCOBAR

*A los libreros, siempre a la vanguardia de la cultura,
que protegen el templo sagrado de la conciencia
y que luchan para que los libros no desaparezcan*

*Al librero que fumaba en pipa y me miraba de reojo
cuando entraba en su tienda
en el barrio de la Concepción,
como si protegiera con su espada de fuego
los límites del paraíso perdido por el hombre*

Acabaron, pues, los días fáciles y frívolos en que solo se vivía para el presente.

No quiero ser presidente de una República de asesinos.

Me quedaré con los que no pueden salvarse. Es indudable que facilitaremos la salida de España a muchos compañeros que deben irse, y que se irán por mar, por tierra o por aire; pero la gran mayoría, las masas numerosas, esas no podrán salir de aquí, y yo, que he vivido siempre con los obreros, con ellos seguiré y con ellos me quedo. Lo que sea de ellos será de mí.

JULIÁN BESTEIRO,
diputado, en una entrevista
al periódico socialista *La Voz*

Ojalá fuera la mía la última sangre española que se vertiera en discordias civiles. Ojalá encontrara ya en paz el pueblo español, tan rico en buenas cualidades entrañables, la Patria, el Pan y la Justicia.

JOSÉ ANTONIO PRIMO DE RIVERA,
líder de Falange Española,
antes de ser fusilado

Introducción

Aunque *La librera de Madrid* es una obra de ficción, nace con el deseo de acercar a los lectores a la dura realidad de la Segunda República española, la Guerra Civil y los primeros años del franquismo. Cuando se cumplen casi noventa años del estallido de la contienda más cruenta de nuestra historia, es necesario que todos nosotros reflexionemos acerca de nuestro pasado de una manera sosegada.

Todas las guerras son malas, pero las guerras civiles son sin duda las más trágicas. Las heridas de las luchas fratricidas son un lastre que perdura en el tiempo y, lo que es peor, el simple discurrir de los años no termina de sanarlas. En cada casa, en cada pueblo y en cada ciudad hay una tragedia familiar, una historia que nos recuerda las humillaciones o las injusticias que sufrieron muchos de nuestros seres queridos. Las personas suelen enfrentarse a tanto sufrimiento con dos actitudes bien distintas: el olvido, que deja la memoria indefensa, o el odio, que acumula el resentimiento contra los que te arrebataron a tus allegados, tu país o tu libertad. Las novelas, que siempre constituyen un ensayo para la vida, pueden reconciliarnos con ese pasado y ponernos en la piel de quienes lo vivieron.

En España se libró la terrible batalla ideológica que en pocos años arrastraría al mundo al borde mismo de su destrucción. El temor a la propagación del comunismo en Europa, en especial en Alemania, favoreció que en la década de 1920 el fascismo se extendiera con pujanza más allá de las fronteras de Italia, al tiempo que las democracias occidentales no lograban superar los retos que planteaba la nueva coyuntura política y económica. España, que en un principio había salido fortalecida de la Gran Guerra, intentó, tras la dictadura militar de Miguel Primo de Rivera, una transición a la senda democrática. Sin embargo, el éxito de la República fue breve. Las divisiones sociales, la desigualdad económica entre regiones, una reforma agraria insuficiente, los rápidos cambios a los que buena parte de la sociedad no se adaptaba, la violencia y la presión internacional darían al traste con el segundo intento republicano en España.

Bárbara Spiel protagoniza el relato de una joven alemana que abre una librería en el convulso Madrid de los años treinta. El empeño de la librera, exponente de una generación de jóvenes idealistas que lucharon para que jamás se repitiera otra terrible conflagración mundial, es solo comparable a la tenacidad de Sylvia Beach y Adrienne Monnier, fundadoras de las famosas librerías parisinas Shakespeare & Company y La Maison des Amis des Livres, respectivamente, que también quisieron cambiar el mundo por medio de los libros.

La historia de Bárbara Spiel retrata el turbulento e ilusionante Madrid de la República, repleto de cambios y rápidas transformaciones sociales, pero también de violencia y, en muchos sentidos, peligro. La Guerra Civil se cebaría en una ciudad asediada y bombardeada sin piedad, en la que la huida del Gobierno republicano propiciaría el acceso al poder de los elementos más extremistas y la consiguiente purga entre los sectores conservadores. Tras la llegada de los franquistas a la ciudad, se impondrían la represión a los intelectuales, el hambre y el miedo. Camilo José Cela describió magníficamente en *La colmena* el desencanto de la capital durante la posguerra:

> Flota en el aire como un pesar que se va clavando en los corazones. Los corazones no duelen y pueden sufrir, hora tras hora, hasta toda una vida, sin que nadie sepamos nunca, demasiado a ciencia cierta, qué es lo que pasa.

La librera de Madrid es un libro sobre los sueños, sobre la capacidad de los seres humanos para luchar contra la adversidad, sobre la vida que se abre camino entre las dificultades y las tragedias cotidianas. La librería de Bárbara se convierte en una isla de paz, de tolerancia y de esperanza en un mundo a punto de colapsar, pero también en la diana de los ataques de los extremistas.

El amor de la joven por un diputado socialista español terminará por aferrarla a un país que parecía hundirse en una espiral terrible de odio y terror, dos caras de la misma moneda al fin y al cabo. Perseguida por las checas estalinistas, los fascistas de Franco y la Gestapo alemana, Bárbara resistirá para que la antorcha de libertad en la que se ha convertido su librería no se apague jamás.

Ahora que vivimos tiempos turbulentos, en los que la defensa del sentido común, la tolerancia y el respeto al otro se está convirtiendo en un acto peligroso, los libros siguen siendo uno de los pocos pilares que aún sostienen la caduca sociedad occidental, vencida por sus contradicciones y socavada por el caballo de Troya de una cultura que, como Saturno, es capaz de devorar a sus propios hijos.

Te invito a que te incorpores al club de almas lectoras que, en las trincheras de los libros, resisten esta guerra interminable contra la Verdad. Adelante, sumerjámonos en la bella historia de Bárbara Spiel.

Prólogo

Nueva York, noviembre de 2022

Kerri Young era una verdadera cazadora de libros viejos, esos que te acechan desde sus páginas amarillentas y te suplican que los abras aunque sea una última vez. Estudió Filología inglesa en la Universidad de California en Berkeley con la esperanza de convertirse en editora, aunque en su fuero interno lo que más deseaba en el mundo era ser escritora.

La joven recorría los últimos metros de la calle Setenta y dos en Manhattan cuando observó que unos albañiles tiraban libros viejos en un contenedor. Kerri se quedó petrificada, frunció su pequeña nariz respingona y reprendió a los obreros. Los hombres se encogieron de hombros y lanzaron el resto de los ejemplares a los escombros.

Kerri se remangó la rebeca, se abalanzó sobre el

contenedor y comenzó a examinar los títulos con el propósito de rescatar unos pocos de aquellos libros de su terrible destino. No tenía espacio libre en su minúsculo apartamento de Brooklyn, pero podía donarlos a la biblioteca de la sinagoga principal. Con los dedos ya sucios de cemento y polvo cogió un pequeño volumen, en cuya portada, grabada sobre piel de color verde oscuro, se apreciaban los restos de una decoración con pan de oro. Lo sacudió con el dorso de la mano y leyó el título en voz alta: LA LIBRERA DE MADRID.

Kerri había viajado a España en una ocasión, pero no llegó a visitar la capital. Hizo escala en Barcelona y, desde allí, voló hasta Mallorca, donde pasó unos días de descanso en sus maravillosas playas.

La joven ojeó el libro y descubrió que había sido publicado en 1964 por una pequeña editorial de Boston. Leyó las primeras líneas y de inmediato quedó prendada de lo que parecía la autobiografía de una joven alemana que había abandonado el peligroso Berlín de los años treinta para fundar una librería en Madrid, en plena Segunda República española. Rememoró el compromiso de Hemingway, de los Woolf y de aquella generación perdida que intentó salvar al mundo de una nueva guerra mundial.

Tomó el metro y no dejó de leer en todo el trayecto. En su apartamento, se tumbó en la cama y se sumergió de nuevo en la increíble historia de Bárbara Spiel hasta que las primeras luces del amanecer asomaron por la ventana.

Tras una ducha rápida se preparó un café largo para llevar y, apresurada, se dirigió al trabajo, en una editorial de Manhattan. Alice Rossemberg, su amiga y jefa, tenía que ver aquel libro cuanto antes, se repetía mientras cruzaba la calle a toda prisa y bebía a pequeños sorbos del vaso de cartón. La historia de aquella maravillosa mujer merecía regresar a las estanterías de las librerías de todo el mundo. Kerri era consciente de que podía inspirar a miles y miles de personas que desean cambiar la realidad por medio de los libros y devolver a este turbulento y confuso mundo un poco de cordura y épica.

Las dos mujeres pasaron aquella mañana de viernes leyendo, soñando y planeando el futuro de *La librera de Madrid*. El resto es simplemente historia.

PRIMERA PARTE

De Madrid al cielo

1

Berlín, verano de 1933

Mi padre era escritor. En casa siempre hemos tenido libros, una amplia biblioteca solo superada por la de mi abuelo Gábor, un famoso dramaturgo que falleció cuando yo era pequeña. Heredé otra gran afición de mi padre: su amor por la lengua francesa. Los alemanes siempre mantuvimos una relación ambivalente con los franceses, desde la más profunda admiración por su cultura y literatura hasta el desprecio más absoluto. Ahora, no obstante, cuando Adolf Hitler ocupa el poder y somete implacable cada uno de los ámbitos de la sociedad alemana, Francia se ha convertido en un mero enemigo a batir.

Era yo una niña cuando Klaus, mi otro abuelo, que provenía de una familia de ebanistas mucho más humilde que la de mi padre, me fabricó una hermosa estantería para mi cuarto de nuestra casa a las afueras de Berlín. Desde entonces jugué a ser librera. Practicaba con mis dos hermanas y mis amigas, a todas horas, hasta el punto de que cuando terminé la carrera de Filología francesa resultó inevitable que entrara a trabajar en una famosa librería en el centro de Berlín.

El establecimiento pertenecía a una conocida familia judía. La propietaria era una de las mujeres que más he admirado en mi vida. Ruth Friedman heredó el negocio de su padre y este, de su abuelo. Al principio solo vendían libros en yidis, pero con el paso del tiempo se especializaron en todo tipo de literatura en lengua extranjera, sobre todo en francés.

—Tiene valor esa chica —afirmó la señora Friedman mientras ojeaba la revista de los libreros de Alemania. Hitler había advertido que acabaría con la cultura no aria, pero por ahora sus amenazas no se habían concretado. Parecían simples avisos para que los ciudadanos más nacionalistas y racistas le prestaran un apoyo incondicional. O eso pensaba mi jefa.

—¿Qué chica? —pregunté intrigada. Bajo el mandil rosa de las empleadas, mi vestido de flores celebraba el largo verano de 1933.

—Françoise Frenkel, la mujer polaca que regenta La Maison du Livre français, la librería francesa. Hace más de diez años que los nazis no dejan de molestarla, no sé si por ser judía o por vender libros en francés.

Había escuchado maravillas de aquel lugar de encuentro para los amantes de los libros, pero nunca había tenido la oportunidad de visitarlo. Al finalizar mi larga jornada laboral, iba a la facultad para investigar. Quería doctorarme en Filología francesa antes de abrir mi propia tienda y, además, trabajaba como correctora para un par de editoriales pequeñas que publicaban traducciones del francés.

—¿Por qué no hace nada la policía? —pregunté de una manera tan ingenua que Ruth no pudo evitar su sonrisa más irónica.

—La policía… ¡Hermann Göring es quien la dirige! ¿Crees que moverán un dedo para proteger a los judíos o a los extranjeros polacos?

Mi padre era diputado socialdemócrata y ya había experimentado la ira de Adolf Hitler y sus secuaces. Tras el incendio del Reichstag, la Ley habilitante del 24 de marzo de 1933 concedió poderes dictatoriales a Hitler. Se impidió que los diputados comunistas y socialistas accedieran al Parlamento, y muchos de ellos fueron encerrados en la cárcel o en el temido campo de concentración de Dachau, a las afueras de Múnich. Mi padre tenía algunos amigos en el Partido de Centro y entre los ministros no nazis, lo que, por el momento, le había salvado de terminar encarcelado. Todo el mundo le aconsejaba que abandonase el país, pero él se resistía. No quería dejar la vieja casa familiar, donde se acumulaban sus recuerdos, en especial los relacionados con mi querida madre, Magda.

Aquel día, al salir de mi turno me dirigí por primera vez a la librería de la señora Frenkel. La fachada parecía la de un pequeño local al estilo francés, pero el interior era amplio y acogedor, uno de esos sitios de los que nunca te quieres marchar. En la entrada un cartel anunciaba la conferencia de un famoso escritor francés; en la mesa de al lado se exponían varios periódicos. Muchos lectores compraban los diarios de Francia, porque la censura se había extendido con rapidez por todos los rotativos alemanes.

Un hombre con gafas redondas levantó la vista al verme entrar. El local se encontraba completamente vacío, a pesar de ser la hora en la que los berlineses solían pasear y hacer sus compras. Mi presencia debió de sorprenderlo.

—¿La puedo ayudar en algo, joven?

—Estaba echando un vistazo.

El hombre agachó de nuevo la cabeza. Durante unos minutos, me paseé entre las mesas y las estanterías de caoba, ojeé las portadas y acaricié el lomo de los volúmenes. Me encantaba el olor a libros y madera, a tinta y papel, ese aroma que impregna librerías y bibliotecas. Era para mí como la entrada al paraíso perdido, el lugar en el que nada malo me podía suceder.

En ese momento entró en la tienda un hombre apuesto, con un traje cruzado de raya diplomática, el pelo negro peinado hacia atrás, un bigotillo fino y unos ojos negros que lo devoraban todo a su paso. Lo observé con discreción. Saludó al librero y comenzó a hojear obras en alemán y en francés.

No lograba concentrarme en los libros. Cada dos por tres alzaba los ojos y miraba con disimulo al desconocido. Me preguntaba de dónde era y qué hacía en aquella librería a la que tan pocos alemanes se atrevían ya a entrar. Entonces salió de la trastienda una mujer atractiva, delgada, de una elegancia sencilla y natural. Se presentó como Françoise Frenkel, la propietaria, y me preguntó si podía ayudarme en algo.

—Buenas, mi nombre es Barbara. Busco títulos franceses. Estoy terminando mi tesis doctoral, que trata de Honoré de Balzac. Bueno, de hecho... trata sobre las razones que le convirtieron en uno de los autores más grandes de la literatura francesa a pesar del rechazo de los académicos y otros escritores consagrados.

La mujer frunció los labios, como si saboreara de antemano la conversación que se avecinaba.

—Balzac fue importantísimo, uno de los mejores escritores del mundo —respondió—. No todas sus novelas son obras maestras, eso ya lo sabemos, pero un retrato tan exacto de la sociedad de su época... Eso es inalcanzable para ningún otro autor. A muchos les ofendía su facilidad para contar una historia. Honoré escribía una obra maestra en solo un par de semanas.

—Con un chasquido de la lengua y un profundo suspiro anticipó el reproche final—: La envidia de sus coetáneos estaba servida, porque la gran diferencia entre el genio y el artista es que el primero no necesita el esfuerzo y el tesón del segundo.

Asentí con la cabeza, no podía estar más de acuerdo.

—¿Ha leído el ensayo de Stefan Zweig sobre Balzac?

—Sí, por supuesto, y me fascinó, porque allí descubrí la triste historia que se escondía tras un escritor tan extraordinario. Por eso me decidí a investigarlo.

—Un libro lleva a otros, es la magia de la lectura. Balzac, como todos los corazones grandes, tuvo que ser forjado por medio del dolor. No hay verdadero arte sin sufrimiento. Es el precio que hay que pagar a los dioses —comentó la librera mientras encendía un cigarrillo.

Yo, que aspiraba a convertirme en escritora, estaba segura de que la mujer se encontraba en lo cierto. Solo había que estudiar la biografía de los autores más famosos para descubrir que la literatura no era un camino de rosas.

—Al menos lograron transformar toda esa frustración y todo ese dolor en algo bueno —comenté, aunque enseguida me sentí un poco tonta por decir algo tan frívolo y superficial. Yo entonces desconocía que la inseguridad es una de las virtudes de la juventud: la capacidad para cuestionarlo todo y creer que siempre hay una forma mejor de hacer las cosas. Más adelante, la vida te asedia hasta que te rindes a la cruda realidad, o esa es la excusa de los que se conforman con sobrevivir.

—Zweig lo escribió en los años veinte, aunque se publicó junto con otros dos ensayos biográficos. Uno dedicado a Dickens y el otro, a Dostoievski. Esperemos que Zweig no tenga que acabar huyendo del país, como otros intelectuales.

Nada mejor que el miedo para definir lo que estaba sucediendo. El mundo que conocíamos desaparecía ante nosotros, justo cuando las cosas comenzaban a estabilizarse después de años de tensiones políticas y problemas económicos. Qué ironía.

El tintineo de la campanilla de la puerta principal anunció la entrada de cuatro hombres vestidos con los uniformes pardos de las SA. Aquellos matones, que siempre olían a cerveza agria y sudor, miraron altivos a un lado y a otro de la tienda, como si esperasen a captar nuestra atención antes de su puesta en escena. Eran tan minúsculos y vulgares que únicamente podían existir en los ojos aterrorizados de sus víctimas.

—¡Malditos judíos comunistas! —gritó el más viejo de los perros rabiosos nazis. Con una porra pequeña, barrió de un golpe todos los libros de una mesa. Sus cachorros le imitaron.

El estruendo ensordecedor de los volúmenes que caían al suelo era acompañado por los cánticos patriotas que exaltaban las irracionales creencias del nacionalsocialismo. El marido de la señora Frenkel se abalanzó hacia los fanáticos para detenerlos, brazos en alto, como si se estuviera enfrentando a una jauría salvaje.

—¡Señores, por favor!

Uno de los nazis le propinó un empujón y otro comenzó a patearlo. El hombre gemía en el suelo. Françoise corrió al rescate de su marido, armada tan solo con sus gafas y una pluma. Antes de llegar hasta los nazis, el desconocido le cortó el paso y, sin mediar palabra, la sujetó por los hombros hasta tranquilizarla. Después se dio la vuelta y se quedó observando fijamente a los cuatro SA.

—Ya se han divertido lo suficiente, camaradas. Por favor, abandonen el local —dijo en un tono tan calmado que apenas logré entenderlo entre los gritos de los nazis, los quejidos del librero y el estruendo de los libros que volaban de las estanterías y alfombraban el suelo de la tienda.

El nazi más mayor, al que se le adivinaban algunas canas a pesar de la gorra que le ocultaba un cabello rasurado casi al cero, frunció el ceño. Blandiendo la porra, se aproximó con parsimonia al caballero.

—¿Eres un maldito judío? A mí me parece que ese pelo negro y esos ojos te delatan.

—Soy moreno como el Führer, es cierto, y no creo que eso sea un delito. Les he pedido con educación que dejen de golpear a un hombre inocente. No seré tan amable dentro de un momento.

Le hizo gracia la amenaza del extraño. El SA se rio a carcajadas, y el resto de los nazis, que ya habían dejado de hacer lo que fuera que estuvieran haciendo, le imitaron. El gordo y viejo guardia de asalto no vio venir el golpe. Yo tampoco, pero el puño del desconocido le sacudió en el mentón y lo desequilibró. El nazi lo observó sorprendido y, como respuesta, intentó atizarle un porrazo, pero apenas tuvo tiempo de alzar el brazo. El desconocido se lo retorció y le quitó la porra, con la que lo golpeó hasta dejarlo inconsciente. Los otros tres fanáticos se arrojaron sobre él, dos de ellos con un cuchillo de caza en las manos. Ya no se reían, pero era tal la rabia que henchía sus rostros que retrocedí temerosa de que después se ensañaran con nosotras dos. Miré a mi espalda en busca de una salida, pero tenía la mente bloqueada por el miedo.

El desconocido esquivó los golpes y las cuchilladas, y propinó varios porrazos a los nazis, cada vez más confusos y asustados. Cinco minutos más tarde se levantaron del suelo y, doloridos y humillados, salieron de la tienda a toda prisa.

—Muchas gracias —dijo Françoise al desconocido mientras corría a atender a su esposo.

Quedé paralizada por el horror: la sangre cubría las tapas de piel de algunos libros y cientos de volúmenes tapizaban el suelo con formas grotescas de páginas retorcidas. Tomé algunos ejemplares y los coloqué en su sitio, como si algo de orden en aquel caos fuera a aliviar mi ansiedad. De repente me encontré de frente con el rostro del desconocido.

—Permítame que la ayude.

No supe qué responder, pero ambos estuvimos un buen rato colocando libros.

—No me he presentado, mi nombre es Juan Delgado —dijo, al cabo de unos minutos.

—¿Juan Delgado? —pregunté, algo confusa.

—Soy español.

Nunca había conocido a un español. En Alemania corrían toda clase de estereotipos y prejuicios sobre los europeos del sur, y la mayoría no eran muy positivos.

—Encantada. Me llamo Barbara —respondí, intentado disimular mi nerviosismo.

Los dos libreros también se pusieron a recoger volúmenes y una hora después todo volvía a estar en su sitio.

—Muchas gracias por todo, pero se ha hecho muy tarde. Lo mínimo es que les invitemos a cenar.

No supe qué responder a la amable propuesta de Françoise, pero Juan aceptó gustoso y a continuación me tranquilizó:

—No se preocupe, después la acompañaré a casa. Las calles de Berlín están infestadas de desalmados como estos, borrachos y ávidos de sembrar el caos.

Los cuatro subimos al piso de arriba, donde vivía la pareja de libreros desde la apertura del negocio unos años antes. El apartamento era sencillo, sin muchos lujos, y con tantos libros que cubrían las paredes que más bien se asemejaba a una extensión de la librería.

—De cena tenemos alcachofas y pechugas de pollo. No es mucho, pero con un buen vino francés y algo de pan quedaremos todos contentos —comentó Françoise.

Mientras el esposo de la librera ponía el mantel y los cubiertos, nosotros dos nos quedamos de pie sin saber de qué hablar ni qué decir. Nos rescató Françoise, que llegó con dos bandejas y las dejó en la mesa redonda.

—Por favor, siéntense... —les pidió el hombre con amabilidad—. Mi nombre es Simon Raichenstein. Soy ruso y mi esposa, polaca. Abrimos la librería en 1921, en un local más modesto, y nunca nos hubiéramos imaginado que doce años más tarde nos veríamos en esta situación.

Nos sentamos los cuatro a la mesa y Françoise repartió la comida en unos delicados platos de porcelana.

—Escapé de Rusia por la Revolución —continuó Simon—. Al principio pensé que mi país, al que tanto amo, se modernizaría y dejaría atrás la época de los zares... Pero la realidad es que unos nuevos zares, ahora rojos, gobiernan en el Kremlin. Y son aún más crueles que los anteriores.

—No importunes a nuestros nuevos amigos con tu triste pasado. Nadie tiene una vida fácil en los tiempos que corren —le riñó Françoise.

La tensión podía cortarse con un cuchillo. Parecían una de aquellas parejas que a pesar de quererse ya no se soportan.

—Lo siento —dijo el hombre, encogiéndose de hombros.

—Lo que sucede en Rusia es un gran experimento social. Es normal que muchos no lo entiendan —comentó el español. A continuación se llevó un bocado de comida a la boca.

—¿Usted es comunista?

El hombre negó con la cabeza ante la pregunta del librero.

—¿Qué sucede si lo es? Este hombre te ha salvado la vida. Y posiblemente también la librería —le reprochó Françoise mientras servía algo más de vino en las copas de cristal de Bohemia.

—Es cierto, lo siento. Pero mi familia y yo hemos sufrido tanto...

—Lo lamento mucho. No era mi intención dar a entender que me parece bien lo que sucede en la Unión Soviética, pero la sociedad necesita nuevos paradigmas y las democracias burguesas no pueden o no saben proponerlos. Aquí ha ganado Adolf Hitler precisamente por eso...

En ese momento miré fijamente al español y en un tono muy serio le contesté:

—¿Está comparando usted el nacionalsocialismo con el comunismo? Mi padre era diputado socialdemócrata y fue depuesto de su escaño. Ahora está a punto de huir del país por miedo. Unos amigos le han invitado a Inglaterra para que se aleje de todo esto. Nazismo y socialismo son antagónicos.

—Para las masas no lo son —respondió Juan—. Soy miembro del Partido Socialista Obrero Español y sé cómo piensan los humildes. Muchos de los que votaron a los partidos de izquierdas ahora apoyan a Hitler, es una realidad que no podemos obviar. He venido a estudiar este fenómeno, porque en España han surgido algunos movimientos fascistas y queremos conocer lo que ha sucedido en Alemania e Italia para evitar que este fenómeno se extienda a nuestra joven República.

—Pues, si le soy sincero, aquí el ascenso de los nazis lo ha provocado el temor a los comunistas —afirmó Simon—. Ya sabe... Tras la guerra hubo varios intentos de aplicar el sistema soviético en el país, y la gente está atemorizada.

La librera tomó la copa y la levantó.

—Brindemos y cambiemos de tema. Celebremos que hoy estamos vivos, no sabemos qué sucederá mañana.

Todos alzamos las copas y, tras el brindis, dimos un sorbo al delicioso vino de Burdeos.

El resto de la velada transcurrió en un ambiente más relajado. Juan nos contó muchas cosas sobre su país, y al acabar la cena España me tenía ya fascinada. Recordé que una vieja amiga trabajaba como profesora en un colegio de Madrid y pensé que no sería una mala idea hacer un viaje y conocer España de primera mano.

Juan me acompañó a casa por las calles solitarias de Berlín. Muy pocos berlineses salían ya de noche para disfrutar de una cena en los restaurantes de moda o pasar un buen rato en los cabarets que tanta fama habían proporcionado a la ciudad. A los nuevos amos del país no les gustaba que los alemanes de bien disfrutaran de aquellos espectáculos degenerados, como la propaganda nazi se encargaba de recordarles.

—Lamento que haya tenido que conocer este Berlín. Le aseguro que hace unos años las cosas eran muy diferentes —comenté con timidez.

—El mundo está cambiando, ¿sabe? El optimismo de principios de siglo ha dado paso a un profundo pesimismo, pero el ser humano siempre logra sobreponerse.

—¿Usted cree?

El joven español me sonrió y de nuevo se me aceleró el corazón. Tuve la sensación de que aquella noche había encontrado a mi alma gemela: Juan mezclaba realismo e idealismo en dosis perfectas, era apuesto y galante y me trataba con un profundo respeto. Al llegar a mi puerta se detuvo con las manos en los bolsillos, sacó un cigarro y, antes de encenderlo, me preguntó:

—¿Le importa?

—No, me gusta el humo, me recuerda a mi padre.

Nos quedamos en aquella isla de luz junto a la farola. La punta del cigarro brillaba como una roca incandescente expulsada por un volcán en erupción.

—¿Sería muy osado pedir que nos volvamos a ver?

Aquella frase mal pronunciada en un alemán gramaticalmente correcto me hizo tanta gracia que, por primera vez, él se sintió algo intimidado.

—Trabajo aquí —le dije mientras le entregaba una tarjeta de la librería—. Salgo a almorzar a las doce y media.

—Allí estaré —dijo con una sonrisa picarona.

Desde el portal le escuché silbar, calle abajo, la canción de una película que me encantaba, *À nous la liberté*, interpretada por Henri Marchand. Al subir las escaleras a mi apartamento comencé a cantarla en voz baja con la esperanza de que la letra fuera una profecía de mi propia vida.

La liberté c'est toute l'existence
Mais les humains ont créé les prisons
Les règlements, les lois, les convenances
Et les travaux, les bureaux, les maisons
Ai-je raison ? Alors, disons :

Mon vieux copain, la vie est belle
Quand on connaît la liberté
N'attendons plus, partons vers elle
L'air pur est bon pour la santé
Partout, si l'on en croit l'histoire
Partout, on peut rire et chanter
Partout, on peut aimer et boire
À nous, à nous la liberté !*

* «La libertad es la vida misma, / pero los humanos han creado las prisiones, / los reglamentos, las leyes y las convenciones, / el trabajo, la oficina y la casa. / ¿No tengo razón acaso? Cantemos, pues: / Viejo amigo, la vida es bella / cuando conoces la libertad. / No esperemos más, vayamos a por ella, / que el aire puro es bueno para la salud. / En todas partes, si nos lo creemos, / en todas partes podemos reír y cantar, / en todas partes podemos beber y amar. / ¡Viva, viva la libertad!»

2

Berlín, otoño de 1933

Siempre tenemos la esperanza de que las cosas no pueden ir a peor, pero en muchas ocasiones nos equivocamos. Hitler apenas llevaba ocho meses en el poder y la presión sobre todo aquel que osara oponerse a sus designios parecía acrecentarse día tras día.

Mi jefa estaba pensando en cerrar la librería. Sabía que no tardaría mucho en sufrir el zarpazo de los nazis: estaba demasiado cerca de la sinagoga y durante sus primeros años se había dedicado a la venta de libros judíos. A mí me faltaba poco para terminar mi tesis. Tras su regreso a España, hacía varios meses que me carteaba con Juan Delgado, y nos habíamos prometido que algún día nos encontraríamos en Madrid. En España las cosas también se complicaban. Juan me contaba que se vaticinaba un adelanto electoral y que era muy probable que ganase la derecha. En algunas zonas del país se reproducían los disturbios y la euforia inicial había mutado en una crispación casi generalizada.

Muchas tardes las pasaba en la librería de Françoise. Se resistía a cerrarla a pesar de que cada vez resultaba más complicado importar libros extranjeros, en especial los franceses. Muchos lectores aún le compraban los periódicos extranjeros, porque los diarios alemanes continuaban intervenidos por el Estado. Las libertades de prensa y de expresión habían desaparecido por completo, pero a la mayoría de mis conciudadanos eso parecía darles absolutamente igual.

En la universidad la situación no era más halagüeña. Tras la expulsión de los profesores comunistas y socialistas, ahora había llegado el turno de los cristianos. Mi único remanso de paz eran las largas tardes en La Maison du Livre y las breves llamadas telefónicas de Juan, siempre con un ruido de fondo que casi impedía que nos entendiésemos.

—Estoy aprendiendo español —le comenté a Françoise, y ella no pudo menos que sonreír.

—El amor es una dulce flor que no tarda en marchitarse —comentó mi amiga, aunque se mordió los labios de inmediato como si se hubiera arrepentido de sus palabras.

No supe qué responder.

—Lo siento —continuó, mientras me tomaba de la mano—, es muy injusto por mi parte. Ya sabes que las cosas con Simon no van bien. Cuando nos conocimos aquí en Berlín, hace ya más de una década, me pareció un regalo caído del cielo, una forma de espantar mi soledad. Yo echaba mucho de menos a mi madre y a mis hermanos. Él también estaba solo, separado de su extensa familia. Éramos como dos náufragos que se encuentran después de años de vida solitaria. Y claro…, nos unía el amor por los libros, y podíamos pasarnos días enteros conversando, pero en el fondo teníamos intereses muy diferentes. Él quería una familia y yo los únicos hijos que quiero cuidar son los libros. Creo que la maternidad es algo maravilloso, pero que si no deseas ser madre es lo peor que te puede pasar.

Françoise se quedó callada. No era muy dada a abrir su alma hasta aquel punto y le brillaban los ojos de emoción.

—Lo lamento mucho —contesté al fin—. La que debe pedir perdón soy yo, que no hago más que hablarte de Juan con todos los problemas que tienes.

—Tu felicidad me consuela de la que yo he perdido.

Nos abrazamos. En ese instante de profunda intimidad oímos golpes abajo, en el portón.

Françoise y yo nos miramos. Noté que se me agitaba la respiración.

—¿Quién será? —le pregunté.

—Por la hora, Simon. Pero no sé qué le puede pasar.

Bajamos las escaleras hasta la tienda. En la penumbra los libros aguardaban como espectros ávidos de desvelarnos sus historias. La luz de la calle se colaba por el escaparate y se adivinaba la figura de un hombre en la puerta principal.

—¡Françoise!

—¡Es Simon! —exclamó la mujer mientras se apresuraba a abrir.

El rostro de su marido apareció ante nosotras como salido de un cuento de terror: los ojos desencajados e hinchados, la frente sangrando y el traje sucio.

—¿Qué te ha pasado?

El hombre no respondió. Se limitó a cerrar la puerta con llave.

—Tenemos que irnos de inmediato —le susurró a su mujer. Entonces se apercibió de mi presencia y me ordenó, trastornado—: Muchacha, vete a casa. No tardarán en venir.

—¿Quién? —preguntó angustiada mi amiga.

—La Gestapo.

Un escalofrío nos recorrió de pies a cabeza. La policía secreta, de reciente creación, era aún más temida que las SA. Sus agentes salían de noche a por sus presas, como una moderna inquisición, y ya nadie las volvía a ver.

—Pero ¿por qué te persigue la Gestapo?

La pregunta de mi amiga quedó en el aire. Simon subió las escaleras y se puso a hacer la maleta. Fuimos tras él.

—¿Qué has hecho? —preguntó de nuevo Françoise.

—¡Nada! Bueno..., quizá haya pasado algo de información a la embajada rusa.

—¿Que has hecho qué?

—Necesitábamos dinero y no pensé que me descubrirían. Además me hubieran detenido de todas formas: por judío o por librero. ¿Se te ha olvidado ya lo que pasó en mayo? Esos fanáticos nos quemaron muchos libros. La purga ha llegado a la cultura, Françoise, y los judíos están siendo expulsados de muchos gremios y oficios.

La librera sabía todo aquello, pero tenía fe en que la hora del fanatismo pasara. En Polonia los judíos habían sufrido mucho durante los pogromos, pero las cosas terminaban por calmarse.

—No pienso huir —aseguró mi amiga con tal convencimiento que dejó pasmado a su esposo.

—En Francia estaremos mejor, allí aún se respira libertad.

—Sabes que la tienda es mi vida. ¿De qué sirve otra librería francesa en Francia?

Simon cerró la maleta y se quedó mirando a su esposa.

—Espié por nuestro bien, para conseguir algo de dinero y escapar. Alemania se ha convertido en una cárcel aunque la mayoría de la gente no se dé cuenta.

—Lo siento —contestó mi amiga mientras se aguantaba las lágrimas.

El hombre nos miró un instante y desapareció a toda prisa, escaleras abajo.

A la mañana siguiente Françoise llamó a mi tienda y acudí lo antes posible. Encontré a mi amiga sentada en el suelo, con las piernas cruzadas y la cabeza gacha, rodeada de un sinfín de libros desparramados. La Gestapo lo había registrado todo.

Al verla me lancé al suelo y nos abrazamos.

—Ha sido horrible, lo han destrozado todo.

—Te ayudaré a ordenarlo. Tengo que volver a la tienda, pero a las doce y media pediré el resto del día libre.

Con gran dolor de mi corazón, dejé a Françoise en medio de aquella desolación. Al regresar al trabajo descubrí que las cosas se habían puesto realmente peligrosas para todos. Dos matones de las SA custodiaban la entrada e impedían que nadie entrase o saliera de la librería.

—¿Dónde cree que va, señorita? ¿Acaso usted no es aria?

—Soy alemana y trabajo en esta tienda —contesté al guardia de asalto, que no debía de tener más de quince años.

—Esta es una tienda judía, esos cerdos no pueden hacer lo que se les antoje. Será mejor que busque otro trabajo más honrado.

—¿Como intimidar a la gente vestido de soldadito?

Me percaté de mi error en cuanto acabé de pronunciar la frase. Sin mediar palabra, el joven me abofeteó con tal fuerza que del labio inferior me brotó la sangre. Nunca antes me habían golpeado, pero el bofetón me dolió más en el orgullo que en la cara.

Mi jefa salió de la librería y, mientras me abrazaba, le gritó al nazi:

—¡Maldito salvaje!

La gente seguía su camino con indiferencia, como si aquel asunto no fuera con ellos. Los que disentíamos del régimen de Hitler éramos invisibles para los demás. Siempre me había sentido orgullosa de ser alemana, pero en aquel instante me avergoncé con toda el alma de pertenecer a una nación que había renunciado a su humanidad.

—¿Te encuentras bien? —me preguntó Ruth mientras me miraba la herida del labio. Tras un respingo, sin esperar a mi respuesta soltó la noticia—: Tendrías que marcharte a casa, Barbara, vamos a cerrar la librería. Tengo familia en el norte de Italia… Creo que es el momento de irse, antes de que las cosas se pongan aún peor.

—Pero si todos huimos…

—Barbara, querida… A veces retirarse es la forma más valiente de enfrentarse al mal. Si nos quedamos en Berlín, tal vez no haya supervivientes cuando llegue el momento de reconstruir Alemania. Nuestro país se precipita al más profundo de los abismos, y solo Dios lo sacará algún día de ahí.

Me sorprendieron las palabras de la librera. Nunca pensé que Ruth fuera religiosa, pero me pareció una sentencia tan solemne que la abracé durante un buen rato. Una muestra de amor es siempre la mejor respuesta ante el miedo y el sufrimiento.

Regresé a casa cabizbaja. Me obligué a comer, aunque me dolieran los labios con cualquier bocado. A continuación me dirigí a la librería de Françoise y la ayudé con aquel desbarajuste. Ordenamos los libros en silencio, ni siquiera se percató de mi cara magullada. Fue entonces, al terminar, tomándonos un té, cuando le conté lo que llevaba todo el día barruntando:

—Me voy. Y creo que deberías hacer lo mismo.

Se me quedó mirando. En sus ojos se mezclaban, contenidos, la rabia y el dolor.

—No tengo adónde ir, Barbara. Este es el proyecto de mi vida. Prefiero quedarme por ahora.

—Pero…

—Respeto tu decisión. ¿Adónde irás? ¿Tu padre está aún en Londres?

Mi padre acabó por ceder a los consejos de sus amigos y se había exiliado.

—Sí, pero prefiero viajar a Madrid. He hablado con María, mi amiga, la que trabaja allí. Me ha dicho que podría enseñar alemán en su colegio. Se llama El Porvenir… Me gusta ese nombre, aunque lo que yo quiero es abrir una librería. En España estaré segura hasta que todo esto pase. Hace años que el país no se inmiscuye en los problemas europeos. Y me ilusiona la nueva República…

—Y también Juan —comentó con picardía. Sonreí,

pero un pinchazo agudo convirtió mi gesto en una mueca de dolor.

—¿Te has curado eso?

—No es la peor de mis heridas.

Hablamos un buen rato de literatura, del poder que tiene de cambiar el mundo. En Berlín o en Madrid, ambas deseábamos que nuestra librería se convirtiera en un pequeño paraíso en el que los hombres y mujeres justos pudieran saciarse de los frutos del árbol de la sabiduría y sanar un mundo que iba camino de la destrucción.

3

París, diciembre de 1933

Siempre soñé con ver París. La ciudad mantenía su esplendor a pesar de las amenazas que acechaban en toda Europa: el fantasma del fascismo recorría el continente como años atrás lo hizo el del comunismo. Pero caminar sola por los bulevares de París le quitaba parte del encanto. Se trataba de un viaje mil veces planeado con mi padre, quien, tras la muerte de mi madre cinco años antes, perdió todas sus ilusiones, a excepción tal vez de la política.

Visité alicaída los lugares más turísticos hasta que a orillas del Sena el fascinante universo de los buquinistas de París me levantó el ánimo. Mientras recorría los puestos de los vendedores de libros viejos en esos enormes cajones pegados a la barandilla del río, mi mente regresaba a Berlín y a los libros tirados por el suelo de las librerías o quemados en las hogueras de las plazas. Entonces me parecía imposible que esa barbarie llegara algún día a Francia. No pude evitar comprar un par de libros de Balzac en ediciones antiguas. Me había visto obligada a dejar mis libros en Berlín, en la biblioteca de mi abuelo. Temía que los nazis saquearan o embargaran las propiedades de mi padre por haber huido del país y haber sido diputado socialdemócrata. Mi abuela sabría protegerlos hasta mi regreso.

Mientras guardaba los dos libros en la mochila se desató una fuerte tormenta. Me dirigí a buen paso hacia mi modesto hotel, cerca de los Jardines de Luxemburgo. Al día siguiente salía para San Sebastián, donde Juan Delgado me esperaba para acompañarme hasta Madrid. Los truenos y relámpagos eran más y más fuertes; la llovizna se transformó en chaparrón y, de repente, en un auténtico diluvio. La gente corría despavorida y yo la imité.

Al llegar a la calle Odéon mis ojos toparon con un rótulo misterioso, sobre todo en medio de París: SHAKESPEARE AND COMPANY. La fachada era tan austera que, de no ser por los libros que llenaban los escaparates, podría haberse tratado de un establecimiento cualquiera. Solo destacaba un dibujo del gran dramaturgo inglés. No me lo pensé dos veces y entré en la librería.

A esa hora estaba vacía. Una mujer delgada, con el pelo corto, me sonrió y me acercó una toalla.

—¿Alemana?

—¿Es tan evidente?

—Bueno, estoy acostumbrada a ver muchos turistas. Al final, una aprende a identificarlos.

—Me llamo Barbara Spiel.

—Encantada, yo soy Sylvia Beach.

—¿Norteamericana o inglesa?

—No sé de dónde soy. Llegué a París a los catorce años. Mi padre era pastor presbiteriano y vino a trabajar aquí, en la Iglesia Americana de París. También he vivido en España y…

—¿España? —la interrumpió Barbara—. Justo me dirijo allí para abrir una librería en Madrid.

La mujer no pudo evitar reírse.

—Aunque le parezca increíble, en la tierra del Quijote no son muy dados a la lectura. Espero que tenga mucha suerte, porque la va a necesitar.

—Las cosas están cambiando. La República ha abierto escuelas por todo el país. Quiero contribuir dando a conocer libros de otros lugares.

—Esperemos que tenga razón. Una librería siempre es necesaria. La verdadera libertad siempre se encuentra tras las puertas de una librería, y el mundo no ha necesitado tanto la libertad como hoy en día.

Entonces me di cuenta de donde me encontraba. Había leído algunos artículos sobre aquel lugar, que había acogido a grandes escritores como Ernest Hemingway y James Joyce.

—¿Usted fue la que publicó el *Ulises* de Joyce?

La mujer asintió con la cabeza.

—Bueno, los libreros tenemos un deber moral con la literatura, y el mundo de las letras necesitaba un revulsivo.

La mujer miró por el escaparate y añadió:

—Creo que tardará en escampar. Si quiere podemos tomar un café.

—No se me ocurre un plan mejor —contesté emocionada.

Para mi asombro, la conversación enseguida derivó a la infancia y la vida personal de Sylvia.

—La familia puede ser una bendición o una maldición. Mis padres nunca se llevaron bien. Se separaron cuando yo tenía casi veinte años. Con mi madre y mis hermanas viajábamos constantemente por Europa, y mi padre se quedaba en Princeton. Me refugié en los libros y, como puede ver, así sigo —bromeó, aunque su cara reflejaba algo de fatiga.

—Los libros son los únicos compañeros que jamás te van a traicionar.

Al rato paró de llover. Era hora de despedirse. Me puse en pie y le tendí la mano. Al salir de la trastienda, antes de llegar a la salida, Sylvia me alcanzó y me entregó un libro, una edición antigua de *Las ilusiones perdidas*.

—Espero que tenga mucha suerte. El oficio de librero es como el de farero: intentas que el mundo no embarranque en los escollos. Es siempre un esfuerzo hercúleo y la sociedad zozobra sin remedio. Nos acercamos a una de esas noches oscuras del alma: ojalá la luz de la literatura alumbre su viaje. ¡Suerte!

Aquel fue el libro que me acompañó hasta la estación de tren de San Sebastián. Entré en España de la mano de Honoré de Balzac, que, como tantas veces me sucedería en el futuro, se convertía en mi único refugio ante el miedo y la incertidumbre.

4

San Sebastián, 4 de diciembre de 1933

En octubre, el presidente de la República, Niceto Alcalá-Zamora, encargó a Diego Martínez Barrio la formación de un gobierno de centroizquierda que debía disolver las Cortes y celebrar unas nuevas elecciones. Se sabía que las cosas iban a estar muy reñidas. Las mujeres tendrían por primera vez derecho al voto y muchos vaticinaban que eso conduciría a una victoria de los partidos de derechas antirrepublicanos, que se habían unido en una coalición llamada CEDA. La izquierda estaba más dividida que nunca. Al menos eso me contó Juan Delgado en la primera charla que mantuvimos, en un pequeño restaurante de San Sebastián, tras atravesar la frontera y entrar en España.

Unos meses antes había leído *Muerte en la tarde*, de Ernest Hemingway, y me imaginaba una España llena de toreros, flamencas y vino, pero la ciudad vasca tenía más parecido a París que a África, con sus edificios neoclásicos y aquel despampanante paseo marítimo por el que se exhibía la alta burguesía española.

—Estamos viviendo un momento único. Los militares no lograron llevar a cabo su golpe de Estado el año pasado. En estos años que hemos gobernado los socialistas el país ha cambiado más que en los últimos cien.

—Entonces ¿por qué no habéis ganado las elecciones? —le pregunté sin malicia, pero Juan se puso echo un basilisco.

—La culpa es de los anarquistas, llevan más de cincuenta años fastidiando con sus revoluciones y atentados. Tienes que comprender que en España son más poderosos que los comunistas. Los anarquistas representan muy bien ese espíritu individualista tan latente en el país. La masacre de Casas Viejas nos ha complicado a todos la vida. —Unos meses antes, la ocupación de unas tierras en una pequeña población gaditana por parte de unos campesinos se convirtió en una matanza.

—Bueno, es normal que ahora gane la derecha —le comenté sin saber demasiado de temas políticos.

Mi amigo negó con la cabeza.

—No, esa derecha no quiere la República: son un atajo de monárquicos y fascistas. Azaña pidió a Alcalá-Zamora que convocara elecciones de nuevo, pero el presidente no ha accedido. En unos días se celebrará la constitución de las nuevas Cortes. La buena noticia es que he sido elegido diputado por la provincia de Madrid, uno de los más jóvenes del hemiciclo.

—¡Enhorabuena! Me alegro mucho, Juan.

Le puse una mano en el hombro y por primera vez mi amigo pareció mirarme de otra manera. Llevábamos meses sin vernos, ambos sabíamos que había algo más que una amistad, pero ninguno se atrevía a dar el paso definitivo. Procedíamos de dos mundos muy distintos y teníamos proyectos de vida diferentes. De alguna manera, intuíamos que era mejor esperar y ver cómo se desarrollaban los acontecimientos.

—Esta tarde sale nuestro tren a Madrid. Es un coche cama, no te preocupes que dormiremos en dos compartimentos anejos.

—Gracias —le contesté, aunque en Alemania no se habría visto mal que hubiéramos dormido en el mismo espacio.

Paseamos junto al mar. Para ser principios de diciembre la temperatura era agradable; sin duda el clima español era mucho más benévolo que el alemán.

—Me parece un país precioso —le comenté mientras me agarraba de su brazo.

La gente se saludaba al pasar y los niños con sus pantalones cortos parecían felices y sanos, muchos de ellos con el pelo tan rubio como en Baviera.

—España es un país de contrastes, no tardarás mucho en darte cuenta. Somos un pueblo viejo y orgulloso, hospitalario y pasional, capaz de los más altos valores y los más bajos instintos.

Nos dirigimos más tarde a la estación. Era pequeña comparada con la de París, pero tenía un cierto encanto provinciano similar al del sur de Francia. Pronto salimos de la ciudad vasca y atravesamos los bellísimos bosques y prados del norte. Unas horas más tarde, cuando la noche comenzaba a envolverlo todo, las arboledas se convirtieron en llanuras interminables, con pueblos pequeños y dispersos. Fuimos a cenar al vagón restaurante y nos acomodamos cerca de una familia burguesa y una pareja de recién casados.

—¿Te gustó la comida de San Sebastián? Esa es otra de las mejores cosas que tiene España.

—Sí, estaba todo muy rico. La verdad es que ahora no tengo mucha hambre y es muy tarde para cenar.

En España, las horas del almuerzo y de la cena eran tan distintas a las de Alemania y el resto de Europa que mi organismo estaba completamente descontrolado. Ya no sabía cuándo tenía hambre y cuándo sueño.

—Ya decía Erasmo de Rotterdam que Europa termina en los Pirineos —bromeó Juan.

—Estudiaste Derecho en la Universidad Central, ¿verdad?

—Sí, tenemos un campus precioso, al estilo de Estados Unidos. El rey donó los terrenos, aunque yo estudié en los viejos edificios de Madrid. Me gustaba mucho la historia, pero cursé Derecho. Mi padre era un viejo sindicalista del mundo de la imprenta y dijo que allí me formarían para defender a la clase obrera.

Mientras traían el segundo plato me quedé mirando a la pareja de recién casados. Parecían muy acaramelados. A su lado, la madre regañaba a los niños para que se portaran bien, ante la pasividad del padre.

—Creo que es mejor seguir tu vocación —le contesté.

—Mi vocación es cambiar el país —respondió de forma seca.

Juan me recordaba demasiado a mi padre, que lo había sacrificado todo por la política y que ahora, cuando ya no vivía mi madre y la familia se había dispersado, se daba cuenta de que había malgastado media vida detrás de una quimera y que su hogar había dejado de existir.

—Creo en la justicia social, pero la base del mundo es la familia.

—Solo hay que ver a esa pareja con los niños —bromeó Juan, porque justo en ese momento se estaban peleando.

—No he dicho que sea sencillo.

Me sentí un poco decepcionada. Mi amigo se había mostrado muy frío y distante, solo hablaba de política e ironizaba con cada comentario que yo hacía. Yo procuraba hablar en español para habituarme al idioma, lo que dificultaba que la conversación fuera fluida. Parecía una persona totalmente distinta a la de unos meses antes.

Debió de percibir mi cara de enfado, porque posó su mano caliente sobre la mía y me dijo mirándome a los ojos:

—Lo siento. Estos meses han sido muy difíciles, el

partido está muy dividido y he trabajado más de doce horas diarias. No me hagas caso. ¿Qué tal tu viaje a París?

La conversación se tornó más interesante. Le conté mi experiencia con Sylvia Beach y que me gustaría abrir una librería como la suya en Madrid.

—¿Cuál piensas que podría ser una buena ubicación?

—Creo que cerca de la Ciudad Universitaria, por allí pasan miles de estudiantes todos los días.

—Buena idea —le contesté—, aunque primero trabajaré en el colegio El Porvenir. Está en Bravo Murillo, creo.

—Al pie de un barrio popular, Cuatro Caminos —me contestó—. Lo regentan protestantes alemanes, luteranos. En España no están bien vistos, los llaman herejes.

—Pues entonces yo soy hereje —bromeé.

A pesar de que mi padre era socialdemócrata, proveníamos de una familia de pastores luteranos y calvinistas franceses.

—Yo no entiendo de religión. Me bautizaron, pero desde entonces no he pisado una iglesia. En España, la Iglesia siempre estuvo al servicio del poder. Es una de las fuerzas que más se opone a la República, no soporta perder sus prerrogativas.

—En Alemania tiene mucho poder, pero no tanto, imagino.

El resto de la velada la pasamos hablando de libros.

Me fijé en un hombre vestido con un traje negro, al fondo del vagón. Su rostro pálido y sus ojos azules y pequeños apenas destacaban detrás de unas gafas de cristales gruesos. No dejaba de mirarnos y no pude menos que inquietarme: me recordaba a los agentes de la Gestapo.

Llegamos a los compartimentos y nos quedamos unos instantes hablando en el pasillo mientras Juan fumaba un cigarro junto a la ventanilla. El aire húmedo de la noche despejaba el ambiente, pero me estremecí de frío y él me ofreció su chaqueta.

—Gracias.

—Me alegra mucho que estés en España, eres mi mejor amiga. En política nadie se puede fiar de nadie, son camaradas y no amigos. Mis hermanos están muy liados con la imprenta y a los viejos compañeros de la escuela hace tiempo que no los veo. Hablar de libros contigo es el mayor placer del mundo.

La voz de Juan sonaba cada vez más melodiosa, como si fuera una vieja canción de amor.

Nos aproximamos tanto que pude sentir su aliento.

—Será mejor que nos vayamos a dormir, dentro de unas horas llegaremos a la estación del Norte.

—Sí —le contesté algo turbada. Por unos momentos creí que me iba a besar.

Antes de meterme en mi compartimento miré al fondo del pasillo y vi de nuevo al hombre del restaurante. Fue apenas un segundo, pero mi cuerpo se estremeció de nuevo.

—¿Te encuentras bien?

—Sí —respondí al tiempo que volvía a mirar, pero ya no había nadie. Le entregué la chaqueta. En mi compartimento, mientras me desvestía, pensé en Françoise y me pregunté cómo le iría en Berlín. Creía que me encontraba a salvo tan lejos del Reich, pero estaba profundamente equivocada.

5

Madrid, 5 de diciembre de 1933

La llegada a la ciudad fue algo emocionante. Conocía capitales como Berlín, Londres, Ámsterdam, Bruselas, París o Viena, pero Madrid era diferente a todas. Algo más pequeña, conservaba los encantos de las ciudades provincianas. Era común encontrarse con aguadores, vendedores ambulantes, pequeños quioscos con castañas y puestos de venta de fruta y de churros, un manjar que jamás había probado en Alemania. Tenía la sensación de que el tiempo se había detenido y que en aquellas calles se mezclaba la modernidad con los viejos modos del siglo XIX.

Juan me acompañó en taxi hasta el colegio El Porvenir, un edificio con una clara influencia alemana y rodeado de un hermoso jardín en una calle amplia que desembocaba en una plaza con una fuente central y unos inmuebles modestos a su alrededor. Entre los coches se veían carros tirados por mulas y caballos, bicicletas y algunas motocicletas. El bullicio era intenso, pero no tan ruidoso como en Berlín. Me sorprendió que los españoles fueran tan alegres y gritones, se pararan a saludarse y que vivieran en la calle a pesar del frío del invierno. En cuanto salía un rayo de sol sacaban al aire libre las mesas de los bares, las tascas y los mesones para tomar cerveza, vino o algún refresco mientras criticaban al Gobierno o simplemente disfrutaban de la amistad.

Juan me ayudó con las pesadas maletas y llamó al timbre. Apareció un conserje vestido con uniforme, nos miró de arriba abajo y después, cuando le entregué mi carta de recomendación, nos dejó pasar amablemente.

María no tardó en acudir a nuestro encuentro mientras esperábamos en un amplio pasillo de techos altos. Todo era austeridad y funcionalidad, como si cada marco gastado en la construcción de aquel colegio estuviera bien empleado.

Mi amiga salió de la secretaría y corrió a abrazarme. Me sorprendió su reacción, porque en Alemania no solía ser tan expresiva.

—Querida María, este es mi amigo Juan Delgado. Nos conocimos en Berlín este verano.

—Encantada, aquí tiene su casa para lo que necesite.

Mi amigo lo observaba todo con cierta curiosidad

y algo de asombro. A pesar de que el colegio llevaba más de treinta años en el mismo lugar, la mayoría de los madrileños lo consideraban algo extraño y foráneo.

—Gracias, encantado de conocerla —respondió Juan. Se volvió hacia mí y me propuso—: Esta noche te recogeré para la cena. Si te parece bien.

No hizo falta que le contestase. Le sonreí y él se acercó y me besó la mejilla.

Me quedé parada sin saber qué hacer. Cuando salió por la puerta, me di cuenta de que María sonreía de forma picarona.

—Los besos son algo normal en España, hasta los hombres se besan en la mejilla si son familia. ¿Quién es ese apuesto galán?

No le había contado nada a María sobre mi amigo. Ella era muy seria, dedicada siempre a los demás y odiaba las frivolidades. El espíritu luterano en ocasiones era tan serio y rígido que siempre ponía por delante el decoro y la decencia antes que cualquier tipo de espontaneidad, aunque tenía la sensación de que en España las cosas eran distintas.

María me ayudó a llevar mi equipaje a su cuarto. Compartiríamos la habitación hasta que me estableciera en la ciudad y abriera la librería. Mi padre y mi abuela me habían dejado una cantidad de dinero importante, y yo había ahorrado todo mi sueldo de los últimos tres años. Al cambio, se convertiría en una suma considerable de pesetas. Sin embargo, antes de buscar un local y de acondicionarlo quería descubrir las librerías de la ciudad y hacerme con el idioma y las costumbres: sabía que el periodo de adaptación no sería fácil. Yo no me consideraba muy alemana, pero eso era porque había vivido demasiado tiempo fuera.

—¿Qué tal el viaje?

—Muy interesante, conocí a una mujer fascinante en París que me ha alentado a abrir una librería en Madrid.

—Ánimo, muchos querrán quitarte esa idea de la cabeza. Te dirán que en España la gente no lee, pero nuestra misión tiene una librería en Madrid desde el siglo pasado y continúa abierta.

—¡No lo sabía! —le contesté con sorpresa.

—Déjalo todo, ya lo ordenaremos después. La librería está en un sitio céntrico, tomaremos el tranvía para llegar allí.

Me pareció maravilloso hacer una primera excursión. Caminamos hasta la glorieta de Cuatro Caminos, donde subimos a un tranvía en marcha como dos colegialas. Sentada junto a la ventana, no dejaba de admirar aquella ciudad que era totalmente desconocida para mí.

—Madrid es muy diferente a Berlín. No hay edificios muy pretenciosos ni está obsesionada con mostrar su vieja gloria imperial, pero ya la recorreremos el fin de semana. Hoy me he tomado el día libre para que almorcemos juntas y visites algunos lugares del centro. Quiero que conozcas el Museo del Prado y la Biblioteca Nacional, tenemos tiempo.

En ese momento subió al tranvía una mujer gitana vestida con andrajos y comenzó a pedir limosna a los viajeros. El cobrador la echó del vehículo con malos modos.

—¿Por qué ha hecho eso? —le pregunté algo indignada a mi amiga.

—Los gitanos no son muy apreciados, se les considera ladrones y mentirosos. Los españoles son muy hospitalarios con los extranjeros, pero racistas con los gitanos y los moros, que es como llaman a los musulmanes. Imagino que tiene que ver con su historia. Cada vez emigra más gente del campo a la ciudad y esta crece día tras día, pero la mayoría se hacinan en edificios ruinosos de Lavapiés y otros barrios populares, o construyen sus chabolas en los descampados de las afueras. El Gobierno, ya lo verás, es un caos, aunque era así también antes de la República: los españoles no obedecen las normas ni las leyes. En ese sentido son muy anárquicos, pero al final te acostumbras.

Media hora más tarde, en una calle cercana a la Gran Vía, bajamos en marcha de un salto y caminamos hasta la librería después de contemplar la fachada de una iglesia muy cercana. Uno de los empleados del establecimiento barría los cristales de un escaparate roto. María saludó al hombre y le preguntó qué había sucedido.

—Anoche algunos chicos de Acción Popular se divirtieron tirando piedras contra los cristales de la librería y las vidrieras de la iglesia.

—Vaya, hacía tiempo que no sucedía —dijo mi amiga, seguramente para que no me asustara mucho. No podía imaginar la violencia que había tenido que soportar en Berlín durante los últimos años.

—Hay mucha tensión después de que la CEDA ganase las elecciones. Cuando no nos ataca la extrema derecha lo hace la extrema izquierda. En esto están de acuerdo, en machacar a los herejes —lamentó el hombre muy serio.

—No te he presentado. Es Joaquín Guzmán, el encargado de la Librería Nacional y Extranjera. Mi amiga Barbara Spiel nos ayudará con las clases de alemán este año.

—Encantado —dijo mientras me daba la mano.

—Quiere abrir una librería en Madrid y pensé que sería una buena idea que hablara con usted. Yo tengo que hacer un recado en la iglesia, vengo en media hora. ¿Te parece bien, Barbara?

—Sí, muy bien —respondí algo intimidada, porque no conocía de nada a aquel hombre.

Entramos en la librería, tan austera como el colegio. Había muchos libros en alemán, algunos en inglés y en francés, folletos y evangelios en español y libros escolares.

—Nuestro catálogo no es muy variado. No somos una librería al uso, producimos muchas de nuestras publicaciones. El fundador, Federico Fliedner, la creó para traer libros de Alemania, publicar textos para las escuelas que estaba fundando y traducir algunas obras importantes del protestantismo. El mismísimo Miguel de Unamuno ha usado nuestros textos.

—¿Miguel de Unamuno? No le conozco.

—Es uno de los grandes autores españoles vivos —dijo Joaquín, sorprendido de que no hubiera escuchado nada sobre él.

—En Alemania casi no leemos libros de españoles, a excepción del Quijote.

—Pues eso hay que solucionarlo. Le recomiendo que empiece por Pío Baroja, un Dickens en español. Sus novelas describen muy bien Madrid. También puede leer a Miguel de Unamuno, en especial *San Manuel Bueno, mártir*. Y la poesía de Antonio Machado, *La Regenta* de Clarín y el teatro de Valle-Inclán.

El hombre fue sacando libros hasta que formó en mis manos una pila. Después tomó una bolsa de tela y los metió dentro.

—No se preocupe, yo se los llevaré al colegio, pesan demasiado.

—¿Cómo es el mundo cultural en España? ¿Cuáles son las principales librerías?

El librero sonrió.

—No sé si es igual en Alemania, pero aquí los escritores se reúnen en los cafés. Allí se hacen las tertulias.

—¿Qué es una tertulia? ¿Un tipo de comida?

Joaquín se rio de nuevo.

—No, es una charla, un diálogo entre maestros. La más famosa es la del Café Gijón, pero también las hay en el Café Cibeles, la Cervecería de Correos y el Café Lion. Tiene que asistir a alguna, sobre todo por la tarde, y allí encontrará a grandes escritores, filósofos y poetas.

—Qué interesante —le dije mientras apuntaba en una libreta algunos de los nombres. Imaginé que una buena forma de dar publicidad a mi futura librería podía ser la organización de actos con los autores locales.

—Las librerías más importantes están en Madrid. En todo el país no llegan a las trescientas, pero en la capital hay más de cuarenta. En la calle Alcalá se encuentra la librería Romo; en la Puerta del Sol, la librería San Martín; muy cerca de allí, en la Carrera de San Jerónimo, la librería de Fernando Fe, una de las más activas. Su propietario organiza exposiciones de arte y tertulias. En la calle Princesa está la librería y editorial de Francisco Beltrán.

—Creo que con esto ya tengo trabajo —bromeé.

—Espere. Dos de las más importantes son la librería Hernando, en la calle Arenal, que es también una editorial, y La Casa del Libro, en la Gran Vía, la más importante de todas. Esa no se la puede perder.

—¿Podría presentarme a algún escritor?

Joaquín apuntó en un papel una dirección.

—Tiene que visitar el Palacio de la Novela, en Carabanchel, es el paraíso de los libros. No hay biblioteca que lo iguale.

Me quedé muy sorprendida con el nombre. Tenía que ir a ese misterioso Palacio de la Novela.

6

Madrid, 6 de diciembre de 1933

Juan me llevó a cenar a un restaurante vasco llamado Jai Alai, especializado en pescado y platos de cuchara. Tras una década en la capital, era uno de los preferidos de muchos políticos.

—¿Cómo has pasado el día? —me preguntó. Estaba nervioso por tomar posesión de su acta de diputado y comenzar con las sesiones en el Congreso, pero también por la segunda vuelta de las elecciones. Le resumí lo que había descubierto y para mi sorpresa frunció el ceño.

—En el fondo son dos pueblos, Carabanchel Alto y Carabanchel Bajo —me explicó—. El más cercano a Madrid es el Bajo, que está al otro lado del río Manzanares. Ese edificio que comentas, el Palacio de la Novela, se encuentra casi entre uno y otro, pero puede ser una zona peligrosa para una dama.

—He trabajado en los barrios más peligrosos de Berlín. Mi madre ayudaba en una iglesia que repartía ropa y comida, no creo que sea una zona tan peligrosa.

Juan frunció el ceño.

—Lo digo por tu bien, yo puedo acompañarte en unos días.

—Gracias, pero como no comenzaré las clases hasta la semana que viene quiero aprovechar para ver librerías y visitar ese sitio.

Mi amigo se apoyó en el respaldo de su silla como si se relajase un poco.

—Madrid está lleno de ladrones, carteristas y personas peligrosas, y se ve a la legua que eres extranjera. Sería mejor…

Ahora fui yo quien frunció el ceño. Me consideraba una mujer del siglo xx y no necesitaba que ningún caballero andante me rescatase.

—Iré mañana mismo.

Juan levantó las manos en signo de rendición.

—Está bien, pero ten cuidado. Te he traído hasta aquí esta noche por una razón.

En ese momento entraron en el reservado en el que estábamos cenando unos hombres vestidos con atuendos del siglo xvi, capas cortas e instrumentos. No sabía que se trataba de una tuna, un conjunto musical muy popular formado por estudiantes universitarios.

Tocaron algunas canciones. Juan sacó del bolsillo de su chaqueta una cajita y, al abrirla, pude ver como brillaba un diamante.

—Pero ¡Juan! —exclamé mientras me tapaba la boca con las manos.

Después se puso de rodillas, me acercó el anillo y me dijo:

—Nunca he conocido a nadie como tú, quiero pasar el resto de mi vida a tu lado. Estaría encantado de que lo aceptaras y te casaras conmigo.

Me quedé muda. Desde mi llegada a España le había visto distante y algo molesto, muy diferente a como se comportaba por teléfono o en sus románticas cartas.

—¡Dios mío! ¡Sí, quiero! —dije sin pensarlo. La cabeza me daba vueltas. En el fondo éramos poco más que dos desconocidos, pero después de ver la muerte tan de cerca y de presenciar cómo el mundo se estaba deshaciendo a nuestro alrededor, decidí que tenía que vivir el momento.

—Tardaremos unos meses en organizarlo todo. Te ayudaré a montar la librería y te presentaré a mi familia.

Se puso en pie y nos besamos por primera vez al son de la tuna. Recordé a mi madre y a mis hermanas, tan alejadas de mí, y pensé que me hubiera gustado hablar con ellas. Tendría que conformarme con contárselo a María en cuanto regresara al colegio.

Volvimos en taxi y yo me sentía como si estuviera en una nube. No dejaba de mirar el anillo que brillaba en mi mano. En la puerta del colegio nos despedimos con un beso. Hacía mucho frío, pero yo apenas lo percibía. Mis zapatos parecían flotar mientras abría con la llave. Pasé bajo el porche y entré en el edificio. Estaba caminando por el pasillo cuando una voz me sobresaltó.

—Señorita Spiel.

Me giré y vi luz en un cuarto. Era el despacho de Teodoro Fliedner, hijo del fundador del colegio.

—Buenas noches, siento llegar algo tarde.

—No se preocupe, únicamente quería presentarme, acabo de regresar de uno de nuestros colegios de la Mancha —respondió desde el sofá.

Me acerqué al hombre y este se puso en pie y me tendió la mano. Por su aspecto parecía germano, aunque su acento era madrileño.

—Siento no poder pagar mucho por sus servicios, pero no ha sido un buen año.

—No se preocupe.

—Las cosas andan muy revueltas en Alemania, es como si todo el mundo se hubiera vuelto loco. La Iglesia parece decidida a entregarse en brazos de un fanático antisemita. Estuve el año pasado en varias ciudades y la locura se ha apoderado de nuestro pueblo.

—Las cosas terminarán por mejorar —le contesté sin mucho convencimiento.

—¿Quiere un cigarro?

—No, gracias.

—Es una fea costumbre… Únicamente fumo uno a estas horas, cuando todo está tranquilo. Tengo que conseguir fondos para los orfanatos y las escuelas, también para las iglesias. Los protestantes aquí son muy pobres y deben pagar un alto precio al convertir-se... Perdone que le cuente estas cosas, estará cansada.

Me senté en el otro sofá.

—Mi abuelo materno era pastor luterano, entiendo lo que dice —le contesté.

—Si gobiernan los conservadores comenzarán de nuevo los problemas en nuestras escuelas. La República ha resultado un soplo de aire fresco.

—No sabía que era tan difícil.

—Bueno, no quiero aburrirla más. Espero que tenga mucho éxito con su librería. Si puedo ayudarla en cualquier cosa... Los españoles son picarones, tenga cuidado y no firme nada sin consultar con un abogado: muchos de los proveedores no son de fiar.

—Gracias por el consejo.

El hombre se puso en pie.

—Amo este país, soy casi más español que alemán, pero no termino de acostumbrarme a la informalidad y la impuntualidad. Aunque los españoles sin duda saben disfrutar más de la vida que nosotros, se lo aseguro. Ojalá aquí no llegue la locura que recorre toda Europa.

—Ha sido un placer —le contesté mientras me dirigía a la puerta.

—Descanse, mañana será otro día.

Mientras subía las escaleras hasta mi cuarto, pensé en todo lo que había ocurrido desde mi salida de Berlín. Mi vida había cambiado en unos días más que en los últimos años. Sentía que comenzaba casi de cero, alejada de la locura de los nazis y sus arrogantes uniformes pardos. En España podría recuperar la ilusión por la vida y los libros.

Mi amiga María estaba durmiendo. No quise despertarla para contarle la pedida de mano, así que me desvestí, miré por la ventana la luna que se reflejaba en las taciturnas calles de Madrid, respiré el aroma fresco de la noche y me acosté. Estaba expectante por descubrir el famoso Palacio de la Novela.

7

Madrid, 7 de diciembre de 1933

El invierno había llegado a la ciudad, aunque no había nevado y cuando salía el sol la temperatura llegaba a templarse. Aquella mañana una bruma cubrió por completo las calles. Al despertarme, miré a la cama de al lado, pero María ya no estaba. En el comedor me encontré con la cocinera española, que me preparó un tazón de café con leche y algo de pan tostado con mermelada. Mientras comía estudié un pequeño plano de Madrid y sus alrededores. Para llegar a Carabanchel Bajo debía tomar varios tranvías o un taxi. Pensé que merecía la pena gastar algo de dinero y no perder media mañana en los transportes públicos.

El conductor del taxi que paré en la glorieta de Cuatro Caminos, un hombre de largo mostacho, me miró con una cierta indiferencia y me pidió la dirección.

—¿Carabanchel Bajo? No es un pueblo muy recomendable, sobre todo por el malaje que ha llegado en los últimos años. Esos paletos de los pueblos son más peligrosos de lo que parece. Hasta los niños se vuelven rateros, y las chicas se prostituyen por cuatro perras...

—Tengo que ir al Palacio de la Novela —le contesté.

El hombre me miró por el retrovisor.

—Es de la Editorial Castro, una de las más grandes y populares de España. Me gustan mucho sus libros del Oeste y los de detectives.

—¿Publica novelas pequeñas? —le pregunté con mi mal español.

Me esperaba un edificio misterioso y la respuesta del taxista me decepcionó un poco, pero al menos aprendería algo sobre los libros en España, me dije para animarme.

El coche atravesó un Madrid fantasmagórico hasta llegar a la Puerta de Toledo, después descendió hacia el río y cruzó por el puente del mismo nombre. Los primeros edificios eran parecidos a los del otro lado del Manzanares, pero a medida que nos adentrábamos en Carabanchel las casas eran más pequeñas y las calles parecían más deterioradas.

Al llegar a la plaza de Oporto el vehículo se detuvo. Los transeúntes caminaban con el rostro tapado por el frío y las gorras caladas. Apenas se veían coches, solo carros y algunas bicicletas.

—¿Quiere que la espere? Por aquí no hay muchos taxis.

—No se preocupe —dije mientras le pagaba. Noté el frío en cuanto me apeé del vehículo. Se me metía en los huesos y ni el abrigo me hacía entrar en calor.

Caminé por la plaza, carente de ningún tipo de ornamento, y encontré la calle que buscaba. Era estrecha y los edificios parecían abandonados, salvo uno de tres plantas, con una amplia entrada y un gran cartel en lo alto que rezaba: PALACIO DE LA NOVELA. Me quedé mirando la fachada y, al girarme, vi que se acercaba a mí un hombre con el rostro tapado con un pañuelo.

—¡Venga, señorita! —apremió. Era de baja estatura y vestía un traje desgastado.

—¿Qué?

Abrió la puerta del edificio con diligencia y entramos en un amplio recibidor. Cerró y me miró a los ojos.

—Este barrio es peligroso para una mujer sola —añadió, como si me regañara.

—Soy alemana.

El hombre menudo me miró de arriba abajo y se presentó tras quitarse el sombrero.

—Mi nombre es Luis Fernández-Vior y soy novelista. O mejor dicho, esclavo del editor —dijo con una media sonrisa que mostraba unos dientes amarillentos—. ¿Qué la ha traído hasta aquí?

—Soy librera —le contesté sin saber qué más añadir.

—Entonces somos aliados. Permítame que le enseñe el Palacio de la Novela, como si fuera Virgilio dirigiendo sus pasos por el infierno y el paraíso de los libros. A continuación citó en italiano la *Divina Comedia* de Dante: «*Lasciate ogni speranza, voi ch'entrate*».*

8

Luis Fernández-Vior era uno de los novelistas más leídos de España, aunque nadie sabía su nombre real, nunca ingresaría en la Real Academia de la Lengua ni sería nominado al Premio Nobel. Era una figura misteriosa, de aspecto tan vulgar que habría pasado desapercibido en cualquier sitio.

—Este edificio es más reciente de lo que parece. Algunos dicen que está construido sobre un antiguo cementerio. Hace cuatro años, Manuel Castro López, el dueño de la editorial, decidió vender todos sus locales en Madrid y trasladarse a Carabanchel Bajo. Muchos afirman que labró su fortuna con la edición de los clásicos, pero es mentira: la ha amasado gracias al sudor de cientos de escritores que trabajan doce horas diarias para crear novelitas del Oeste, bélicas o de amor. Yo llevo cinco años dándole mi tiempo de policía jubilado.

—¿Usted fue policía? —pregunté algo sorprendida.

—Bueno, me ve usted de baja estatura pero siempre fui un hombre fuerte. Aunque el músculo que más he usado ha sido el cerebro: en mi libro *Un crimen en barrios bajos* narro los casos que investigué durante mis años de oficial de policía. Pero quien más dinero proporcionó al dueño de la editorial fue Luis de Val, que escribía novelas de corte social y sensacionalistas. Aunque aquí, ya verá, hay libros de aventuras, novelas femeninas y otros géneros más escabrosos.

Luis se detuvo delante de una puerta verde. No parecía que a esa hora hubiera mucho movimiento en el edificio.

—Deje que la lleve a la mayor biblioteca de España.

El hombre abrió la puerta y entramos en una sala oscura. Por un instante, me arrepentí de haberlo seguido sin pensar en las consecuencias, podía tratarse de un loco peligroso. Pulsó un interruptor y numerosas bombillas se encendieron dando fuertes zumbidos. Cuando el enorme sótano se iluminó, aparecieron ante mis ojos decenas de miles de libros.

—Aquí se alimenta la masa humana de Madrid y de España. Está usted ante el verdadero opio del pueblo. En este lugar se forma el «hombre-masa» del que escribió Ortega y Gasset. Al hombre-masa primero se lo vacía de su propia historia.

Las palabras de aquel hombre tan misterioso me hicieron reflexionar.

—El papel del intelectual es justo el contrario al del político: el segundo quiere enajenar a las masas hasta que el individuo se diluya y llegue a desaparecer; el primero apela a cada individuo para que no pierda su identidad.

—Entonces ¿por qué trabaja para la editorial?

—Tengo que comer, señorita, la pensión de un expolicía no da para muchos dispendios.

Caminamos por las estanterías repletas de libros finos y recopilaciones, encuadernados todos de la forma más económica.

—Vea este infierno dantesco. Aquí se resumen todas las pasiones humanas: lujuria, avaricia, soberbia, gula, ira, envidia y pereza. Los contramodelos que convierten a los seres humanos en meras bestias. Nosotros los escritores alimentamos al monstruo, hacemos que los lectores se brutalicen hasta perder toda sensibilidad. Somos mercenarios de la mentira.

Aquellas palabras me dejaron sin aliento, ya que siempre había pensado que todos los libros eran buenos. Sabía que Hitler había escrito *Mi lucha*, un volumen repleto de mentiras y de odio; que los servicios secretos rusos habían publicado *Los protocolos de los sabios de Sion* para fomentar el antisemitismo; que las obras del darwinismo social, como *El origen del hombre*, estaban destruyendo la base del humanismo tal y como se entendía hasta entonces. Lo que no comprendía era que esas obras y esos autores reputados necesitaban de otras publicaciones para transmitir su mensaje contaminado.

—Entonces sería mejor quemar todo esto, que la gente no los lea —le comenté.

—Eso he pensado yo muchas veces, pero todos nosotros, o al menos muchos de nuestros compañeros escritores, introducimos mensajes de esperanza, justicia y misericordia para todos los hombres. Quizá son como el mensaje en una botella lanzada a un mar de indiferencia, pero algunos, unos pocos, los recibirán. Ahora que ese veneno circula por las venas de la sociedad, el odio y el desprecio están destruyendo el mundo. El fascismo, el nazismo, el comunismo y otras ideologías radicales terminarán por destruirnos a todos.

Salimos de aquel infierno de los libros. En la primera planta me mostró unas estanterías muy distintas donde se organizaban las ediciones hermosas de los clásicos, las obras inmortales capaces de transformar el corazón.

—Aquí es donde puede redimirse la humanidad. Estos volúmenes nos hacen más humanos y nos acercan a la justicia y a la verdad: Homero, Aristóteles, Tomás Moro, Rousseau, Victor Hugo…

La sala era más pequeña, pero una delicia a los ojos. De allí pasamos a los talleres donde se imprimían los libros, a las salas de encuadernación y a los cubículos de los escritores, en la planta superior.

—Yo escribo en casa, pero muchos tienen que hacerlo aquí. Un libro a la semana para alimentar a las masas ávidas de sangre, sexo y muerte. Dicen que el cine terminará por destruir los libros; otros que lo conseguirá la radio. ¿Quién sabe? Cuando el poder encuentre una nueva forma de entretener a las masas tratará de acabar con los libros, son demasiado peligrosos.

Atravesamos las decenas de pequeñas mesas aisladas y llegamos hasta un gran despacho de muebles lujosos adornados con oro, sillones de cuero y una vitrina en la que se guardaban las joyas de la editorial. Un hombre muy grueso, de pelo canoso, barba corta y con gafas oscuras, nos miró en cuanto traspasamos el umbral.

—¿Qué haces aquí, Luis? Te advertí que no regresaras hasta que no tuvieras tu nuevo libro terminado. Los escritores sois una panda de vagos. Si no os atizara con el látigo todos los días, jamás acabaríais vuestras obras.

Aquel hombre me miró de una forma repulsiva, como si me desnudara con la mirada.

—¿Quién es la jovencita?

—Barbara Spiel, una alemana que quiere abrir una librería en Madrid.

—¡Qué osada! Y más en los tiempos que corren. No hay gobierno y este sistema republicano se va al carajo.

Me quedé muda, no supe qué contestar.

—Estaba enseñándole a la señorita Spiel el Palacio de la Novela —dijo el escritor mientras el dueño se ponía en pie y se acercaba hasta nosotros. Era mucho más alto de lo que parecía.

—Una librera… Decía don Miguel de Cervantes que la pluma es la lengua del alma, por lo tanto los libreros son vendedores de almas —concluyó después de relamerse los labios.

—Entonces, los editores son el diablo —comentó Luis, a sabiendas de que el comentario iba a molestar a su jefe.

El editor se revolvió, pero no dejó de sonreír.

—Este es un oficio muy arriesgado, nunca sabemos si los libros que imprimimos se venderán. El pan se lo come la gente, también se beben la leche, pero un libro no es necesario para sobrevivir. Tratamos con intangibles. Todo el mundo nos acusa de avariciosos, pero ellos no arriesgan su prestigio ni su dinero.

El hombre se acercó a la vitrina, la abrió con una llave que le colgaba del cuello y cogió un hermoso ejemplar.

—Hay cinco libros que todo editor quiere poseer, porque son los más peligrosos del mundo: el *Libro de Tot*, escrito en el antiguo Egipto; el *Dzyan*, que explica el origen de todas las cosas; el manuscrito Voynich, que descubrió el emperador Rodolfo II de Habsburgo; el *Necronomicón* y, no menos importante, el *Martillo de las brujas*. Este último libro lo escribieron dos monjes para identificar a las brujas en la Edad Media e indujo el asesinato de decenas de miles de mujeres en toda Europa. Los libros pueden ser peligrosos, y por eso nosotros los editores cuidamos de los lectores.

El escritor miró de reojo al editor, aunque este pareció ignorarlo.

—Espero que le vaya muy bien con su librería. Estamos a su entera disposición, pero tenga cuidado con lo que vende. Desde mi editorial podemos suministrarle lo que la gente realmente quiere leer.

Mientras salía del edificio, las palabras de aquel hombre aún retumbaban en mi cabeza. Me había puesto los pelos de punta. Luis me acompañó por las calles de Carabanchel, que se llenaron de gente en cuanto la niebla se disipó. Nos despedimos cuando encontramos un taxi.

—Todas las tardes estoy en el Café Gijón, por si quiere charlar con más escritores. Ha sido un placer conocerla —dijo el hombre quitándose el sombrero.

En el coche, algo nerviosa, no estaba segura de si el Palacio de la Novela era el paraíso de los lectores o si detrás de aquellos muros se escondía el verdadero infierno descrito por Dante.

9

Madrid, 17 de diciembre de 1933

Llevaba casi dos semanas en Madrid y el tiempo había pasado volando. Por las mañanas trabajaba en el colegio, luego almorzaba con María y otros profesores, la mayoría españoles, y por la tarde paseaba un rato con mi amiga. A la noche, tras cenar con Juan, intentaba avanzar un poco en mi tesis, aunque cada vez tenía más dudas de que algún día pudiera regresar a Alemania para defenderla.

La Navidad se acercaba y aquel domingo María me convenció para que la acompañase a la iglesia alemana del paseo de la Castellana. La capilla luterana era el epicentro de la comunidad de mi país en Madrid, pero yo no tenía un especial interés en relacionarme con mis compatriotas. Imaginaba que si las cosas estaban muy tensas en Alemania, en aquella microsociedad la situación no sería muy diferente.

La capilla era hermosa y se encontraba entre dos palacetes de la Castellana. La entrada daba a un patio pequeño y pasaba inadvertida. Los dos edificios estaban unidos por un pasaje cubierto, adornado con bellas columnas y arcos, y los rosetones destacaban en la fachada blanca y amarilla. Cuando entrabas por el pórtico principal la sorpresa estaba asegurada, porque el interior parecía más una iglesia ortodoxa que luterana. Un mosaico enorme en el ábside lo presidía todo, el altar era modesto y el bautisterio de piedra constituía el único adorno. El órgano sonaba en la parte trasera.

María saludó a varias personas y me presentó formalmente. Todo el mundo se mostró muy amable, pero nadie me hizo preguntas. Cuando nos sentamos en un banco intenté no pensar demasiado en la familia de mi madre, porque aquel lugar me recordaba una infancia que sabía que ya no regresaría jamás.

La homilía fue corta. El pastor habló sobre la necesidad de amar a los enemigos, un tema muy acertado en los tiempos que corrían. Al finalizar el culto, nos dirigimos a una sala cercana para tomar un poco de té y pastas.

—Espero que no se le haya hecho muy largo el sermón, aunque sé que es muy difícil que la gente joven aprecie una liturgia del siglo pasado —comentó el pastor, un hombre calvo, con gafas y aspecto de intelectual.

—No se preocupe, me crie en la iglesia de mis abuelos maternos. Mi madre era muy practicante, mi padre no tanto.

—Entiendo. La fe es una cuestión muy personal, pero la mayoría de la gente se empeña en convertirla en un asunto público. En unas semanas vendrá el teólogo Dietrich Bonhoeffer para impartir unas conferencias. Fue capellán en Barcelona unos años y de eso nos conocemos. A mis superiores no les ha hecho mucha gracia que le invitara, porque hace unos meses pronunció una conferencia ante los pastores de Berlín en la que llamó a la resistencia pacífica frente al nazismo.

Me sorprendió el comentario del pastor, por alguna extraña razón había supuesto que era un simpatizante de los nazis. En ese momento se aproximó un hombre y el rostro del reverendo palideció de repente.

—Perdónenme señoritas, pero tengo que atender a otros feligreses.

El hombre de las gafas redondas se acercó hasta nosotras. Lo había visto en alguna parte, pero no recordaba dónde.

—Señoritas —dijo en un pésimo español, aunque enseguida cambió al alemán—. Espero que estén disfrutando de esta hermosa capilla. La mandó edificar el káiser Guillermo II en 1909, justo al lado de la embajada alemana. El emperador ordenó la construcción simultánea de tres capillas: una en Madrid, otra en Roma y una tercera en Jerusalén. Trataba de demostrar el poder del imperio. El arquitecto fue Richard Schulze y quiso que fuera modesta: en España la libertad de culto siempre ha sido un asunto escabroso. El simbolismo del conjunto es muy significativo. Refleja los tres estadios del hombre. En los dos primeros capiteles se muestra la naturaleza protegida por dos ángeles, y en los siguientes se destaca la palabra como única vía para llegar a Dios. Por último, dos cancerberos protegen la puerta, porque la maldad ha de quedarse afuera. Pensaran por qué les cuento todo esto. En Alemania estudié arquitectura, pero ahora sirvo a nuestro Reich. Queremos que regrese el pasado más glorioso de Alemania. El Gobierno no acepta medias tintas, y se está con nosotros o en contra nuestra.

Las palabras del hombre sonaron tan amenazantes que nos quedamos pálidas. El hombre se alejó y nos miramos la una a la otra.

—Han estado también en el colegio amenazando a Teodoro. Parece que son de la Gestapo.

—Ya me he topado con esa gente y es muy peligrosa —contesté y le pedí que nos marcháramos de allí.

Dimos un largo paseo hasta el colegio. Los domingos solía comer con Juan. Puesto que en breve sería nombrado el nuevo Gobierno y se realizaría la apertura de la legislatura en las Cortes, había organizado una comida en casa de sus padres para que conociera a su familia.

—¿Cuándo será la boda? —me preguntó María.

Me encogí de hombros.

—Bueno, para el verano. Antes de que termine el curso quiero abrir la librería, pero primero debo encontrar el local, negociar con los distribuidores y los importadores y contratar un ayudante. No estoy segura de que pueda organizar una boda y abrir la librería al mismo tiempo.

—Yo puedo echarte una mano, ya sabes que puedes contar conmigo para lo que necesites.

Juan me esperaba en su nuevo coche cuando llegamos al colegio. Saludó a María con algunas palabras en alemán y después me abrió la puerta del vehículo.

—¿Te encuentras bien? Te veo muy pálida.

Le narré brevemente lo que nos había sucedido en la capilla luterana, pero no pareció sorprenderse.

—Cada vez hay más espías ingleses, alemanes, italianos y rusos. Madrid se está convirtiendo en un hervidero de conspiraciones. Los militares se han tranquilizado un poco gracias a la victoria de la CEDA, pero no les ha hecho mucha gracia que Alcalá-Zamora haya encargado la formación del Gobierno a los radicales de Lerroux. Con la llegada de Hitler al poder, el fascismo sigue extendiéndose por Europa. Muchos ven en Mussolini a un estadista y una alternativa a la Unión Soviética, pero Hitler es aún más radical.

Mientras el coche circulaba por las calles de Madrid en dirección a una zona residencial al final de la calle O'Donnell, yo intentaba entender un poco de la política española, aunque era realmente complicado.

—¿Mussolini no militó en el partido socialista italiano?

Aquella pregunta pareció incomodar a Juan.

—Será mejor que no digas esas cosas en mi casa. Mi padre es un sindicalista, un luchador de la clase obrera, y abomina ese tipo de comentarios.

—Lo siento —comenté algo confusa—. En mi casa no había temas que se consideraran tabú o que no se pudieran tocar.

Juan se dio cuenta al instante de que su comentario me había contrariado.

—Disculpa, puedes hablar de lo que quieras en casa de mis padres. Estoy algo nervioso, es vuestro primer encuentro y quiero que todo salga bien.

—No te preocupes —le contesté mientras le acariciaba el hombro.

Nos detuvimos enfrente de la casa. No era muy grande, pero sí muy hermosa. Tenía un aire inglés y el frondoso jardín la hacía aún más acogedora. Juan abrió la verja y un mastín algo viejo se nos acercó moviendo la cola.

—Buen chico —le dijo al animal mientras le acariciaba el lomo.

Salió a la puerta la madre de mi novio, una mujer de rostro bondadoso, pelo blanco con algunas mechas rubias y ojos verdes, aún muy grandes a pesar de la edad. Llevaba un vestido sencillo. Su padre se quedó rígido detrás de ella. Vestía un chaleco negro sobre una camisa blanca y un pantalón a juego.

Mientras su madre abrazaba a Juan, su padre me tendió la mano.

—Marcelo Delgado Ponce, encantado de conocerla.

—Un placer —le dije antes de que la madre se me acercara y me abrazara.

—Entrad, ya está todo listo.

Me alegró comprobar que las familias son iguales en todos sitios, salvo algunos detalles nimios. Los hermanos de Juan se encontraban sentados a la mesa y se pusieron en pie para saludarnos.

El padre se colocó a la cabecera de la mesa, sirvió el vino y partió el pan. Después comimos un potaje al que llamaron «cocido», al parecer muy famoso en Madrid.

—¿Le gusta nuestro país? —preguntó uno de los hermanos de Juan para romper el hielo. Los dos hermanos de mi novio eran más pequeños y vivían aún en la casa paterna.

—No lo conozco mucho, pero lo que he visto me ha parecido encantador.

—Es un país atrasado y pobre —sentenció el padre de Juan.

—Marcelo, no empecemos con la política. Los domingos son para la familia.

—España está en peligro, la señorita lo sabe muy bien. Los fascistas se han hecho con el poder en Alemania, uno de los países más poderosos de Europa. En Austria hay un gobierno semifascista y la plaga no tardará mucho en extenderse a más países. Los nazis han copiado nuestras ideas para atraerse al pueblo y le han dado un barniz nacionalista.

—Bueno, aquí tenemos al presidente de la República para que garantice que se respetan las instituciones —comentó Juan mientras tomaba la sopa.

—Ese andaluz fulero es un burgués del que no podemos fiarnos.

—Sanjurjo está en la cárcel y se ha trasladado a los militares más díscolos —continuó mi prometido.

—Eso no va a parar a esa camarilla de beatos e hipócritas. Son los mismos que apoyaron la dictadura de Primo de Rivera y a ese rey perjuro.

—Bueno, Pablo Iglesias, nuestro fundador, llegó a un acuerdo con el dictador y se consiguieron algunos adelantos sociales —explicó Juan, que intentaba siempre ser ecuánime. Esa era una de las cosas que más me gustaba de él, que nunca se comportaba de forma sectaria, algo muy poco habitual en política.

Marcelo se puso rojo de ira y golpeó la mesa.

—¿Qué clase de diputado socialista eres tú? No podemos hacer esa clase de comentarios sin arriesgarnos a que nuestros amigos se aprovechen de nosotros. No creas que por tener un puesto de diputado ya vas a cambiar el mundo. Nosotros, los sindicalistas de la UGT, somos los que nos hemos partido el lomo por España.

Leonor posó la mano sobre el brazo de su marido para que se calmara.

—Por favor, tenemos una invitada. No quiero que piense que somos una familia de salvajes.

Marcelo se tranquilizó y, mientras su esposa traía un flan de postre, la conversación se tornó más suave. Comenzaron a hablar de fútbol y de toros, los únicos temas en los que parecían estar de acuerdo todos los españoles.

10

Madrid, 19 de diciembre de 1933

Quise acompañar a Juan a las Cortes el día en que se nombraba al nuevo Gobierno. Los plenos en la cámara se habían iniciado hacía más de una semana y las posturas estaban muy enconadas. Los diputados se interrumpían constantemente y el presidente de la cámara apenas podía mantener el orden y el respeto al turno de intervenciones.

El frío había llegado de verdad y, a pesar de llevar el abrigo dentro del edificio, me temblaban las piernas. María y yo observábamos a Juan desde el lugar reservado a los visitantes. Me parecía tan guapo y arreglado aquella mañana…

En ese momento el presidente de la cámara concedió el turno de palabra al nuevo presidente del Gobierno para que comenzara su discurso.

—Presidente, señorías. Estamos aquí en esta mañana fría de diciembre para que las Cortes ratifiquen el nuevo Gobierno. Hace unos meses, cuando el presidente de la República me brindó su confianza prometí nuevas elecciones para que hablara el pueblo español. Nunca antes unas elecciones en nuestro país habían sido tan representativas. Las mujeres han podido votar por primera vez en la historia y en eso al menos, reconózcanlo vuesas señorías de la oposición, hemos adelantado a algunas de las naciones más avanzadas del globo. Nosotros somos los conservadores, según los partidos a mi izquierda, pero mientras que mi partido defendía el voto femenino, los supuestos progresistas se lo negaban. Avances, pero solo cuando nos interesen electoralmente, podríamos interpretar. Hasta una de las parlamentarias más importantes de la bancada de la izquierda, que tenía voz y voto en este hemiciclo, se lo negaba a las de su mismo género. Pero no estoy aquí para reprochar nada, quiero ilusionar, conseguir que España vuelva a ser grande de nuevo.

Los aplausos de los cedistas y los radicales competían con los abucheos de los comunistas y los socialistas. Todo aquello me parecía más una representación teatral que una sesión parlamentaria.

—Hace unos meses comenzábamos diciendo en tono jocoso: «Los que van a morir os saludan» —continuó el presidente del Gobierno—. Los extremistas quieren destruir esta República. En unas horas tendrá lugar en el Teatro de la Comedia una celebración de fascistas, muy castizos y españoles pero tan peligrosos como los de Italia o Alemania. Seamos sensatos, aún estamos a tiempo de buscar la negociación y la moderación en lugar del enfrentamiento y la crispación. Nuestro pueblo merece paz, pan y trabajo.

»La crisis económica que azota en todo el mundo ha llegado hasta aquí. Salgamos de esta todos juntos sin dejar a nadie atrás, pero no enfrentando a unas clases con otras, a los creyentes con los no creyentes, a los pobres con los ricos. ¿No somos acaso todos españoles? Herederos de un pasado glorioso, de un imperio en el que no se ponía el sol. Caminemos juntos por la senda constitucional y que esta República que el pueblo aclamó hace poco más de dos años convierta a nuestra hermosa tierra en la más avanzada y próspera de Europa y del mundo —concluyó.

Los partidos que apoyaban al Gobierno se pusieron en pie y brindaron una larga ovación al presidente mientras el resto lo abucheaba. Tras la intervención de algunos miembros de otros partidos, le tocó el turno a Juan, que subió a la tribuna algo nervioso. Bebió un poco de agua y, tras aclararse la garganta, comenzó su discurso:

—Nos hemos equivocado y de nuestros errores se han aprovechado nuestros enemigos. Nuestro anterior presidente del Gobierno, el señor Azaña, se equivocó. Los nacionalistas y algunos de nuestros diputados quisieron precipitar los cambios que en muchos países han costado siglos. Somos todos españoles, pero hay muchas formas de sentirse español. Mientras José Antonio Primo de Rivera y los fascistas que le apoyan critican la democracia de Rousseau y dicen que la democracia liberal ha muerto, muchos de los nuestros también piensan igual.

Mi pobre prometido comenzó a recibir los abucheos de las dos bancadas. Yo sabía que intentaría reconciliar ambas posturas, pero los odios y las disensiones se encontraban demasiado enconados.

—Los fascistas dicen que meter papeletas en las urnas es un tinglado. Así lo llaman —continuó Juan—. He viajado por varios países este año, como Alemania, Francia, Austria, Gran Bretaña y la Unión Soviética, y he comprobado con preocupación que los sistemas totalitarios se están extendiendo rápidamente por todas partes. Los pueblos quieren estabilidad frente a seguridad, pero nosotros no tenemos por qué elegir una y renunciar a la otra. En el seno de mi propio partido hay muchos corazones, y debemos unirnos antes de que los radicales nos roben la libertad. No caigamos en la misma trampa en que han caído los italianos, los alemanes y los rusos. Largo Caballero, uno de mis camaradas, manifestó hace poco que la generosidad no es una cosa buena y que ahora no seríamos tan generosos con los conservadores como en 1931. Yo digo que sin generosidad de corazón no hay concordia, y que sin esta no hay paz. No llevemos a España al borde del abismo, porque entonces ya nada ni nadie podrá salvarnos.

Mientras bajaba de la tribuna de oradores, todos los diputados, salvo dos o tres, abuchearon a Juan. María y yo nos levantamos en la tribuna de invitados y comenzamos a aplaudirle. Me sentía muy orgullosa de él, sabía que estaba arriesgando su carrera política por el bien de su país y eso era algo que muy pocos estaban dispuestos a hacer.

11

Madrid, 15 de enero de 1934

Las navidades fueron algo tristes, en especial la noche del 24 de diciembre. Recordé mucho a mi madre y los regalitos que colgaba en el árbol para que los abriéramos el día de Navidad. Además de los presentes que nos traía Santa Claus, mi madre se pasaba varias semanas preparándonos sorpresas. La mayoría eran sencillas prendas de ropa interior, juegos de lapiceros o dinero, pero nos hacían tanta ilusión o más que los que habíamos pedido en nuestra carta a Santa Claus. En España se celebraba la noche de Reyes el 5 de enero, aunque en el colegio los Fliedner habían adoptado las dos celebraciones, que los niños agradecían mucho.

En El Porvenir había niños internos, separados de sus padres durante todo el curso. Eran hijos de protestantes que viajaban a la capital con el sueño de cursar el Bachillerato y después estudiar en la universidad, algo al alcance de muy pocos españoles, sobre todo si eran de condición humilde. Yo me había encariñado con un alumno llamado Tomás Fuentes, un joven cántabro de pelo moreno y piel rosada, siempre callado, que provenía de una familia de pastores. No sabía comportarse como un madrileño típico y la mayoría de sus compañeros lo despreciaban. Era muy inteligente, capaz y trabajador, siempre estaba en la biblioteca estudiando y se le daba bien el alemán. Yo le prestaba libros para que pudiera ampliar su vocabulario.

Aquella tarde iba a salir con Luis Fernández-Vior. Iríamos a la tertulia del Café Gijón. Nos habíamos visto un par de veces desde mi visita al Palacio de la Novela y me había facilitado una lista de autores españoles de lectura obligada más extensa que la de Joaquín, el librero de la Librería Nacional y Extranjera.

—¿Cómo estás, Tomás?

El chico me sonrió, pero enseguida observé su ojo morado.

—¿Qué ha pasado? ¿Ha sido Sergio otra vez?

El muchacho no se atrevió a contestar. Sergio era un matón que abusaba de los alumnos más débiles.

—Cuando regrese hablaré con el director. Ve a la cocina y ponte algo de hielo en ese ojo.

Mi amigo Luis ya me esperaba delante de un taxi.

—Querida amiga, algunos de mis colegas la aguardan impacientes. Les he hablado de usted y de su proyecto de abrir una nueva librería en la ciudad.

—No tenía por qué hacerlo, soy una simple filóloga alemana. ¡Qué vergüenza!

Luis me sonrió mientras cerraba la puerta del coche y se sentó junto al conductor.

—Llegaremos en quince minutos, si el tráfico lo permite.

La circulación era algo densa a aquella hora, sobre todo en la plaza de Colón y el paseo de Recoletos, pero el taxi nos dejó en la misma puerta.

La fachada del Café Gijón parecía modesta, en cambio el interior era más elegante. Los camareros lucían uniformes blancos y botones dorados, como si fueran almirantes de la Armada.

En cuanto atravesamos la puerta, nos llamaron de un corrillo de hombres sentados en uno de los rincones del café.

—¡Luis, estamos aquí! —exclamó un hombre con el brazo en alto.

Nos acercamos y los dos se abrazaron.

—Permítame que les presente. Barbara Spiel y el gran Ramón J. Sender. —Acompañó los nombres con un gesto de la mano—. Ramón dirige las tertulias de mi pequeño grupo de amigos.

Todos se pusieron en pie y me dieron amablemente la mano.

—Esto no es lo que era, señorita. Ahora se han puesto de moda las cervecerías. Hace veinte años los mejores intelectuales del país venían aquí, y muchos de los actores famosos y hasta los toreros. Los jóvenes que estudian en la Institución Libre de Enseñanza tampoco se acercan. Hemos quedado unos pocos, los últimos amantes de los libros —me explicó Eduardo Dieste Gonçalves.

—No os lamentéis tanto que parecéis unos viejos —dijo Ramón J. Sender, y me preguntó si en mi país había cafés literarios.

—No, que yo sepa, y mucho menos ahora con los nazis en el poder.

—En España nacieron las tertulias a principios del siglo pasado. A partir de los años veinte, los escritores e intelectuales comenzaron a reunirse para debatir y hablar de los más diversos temas, sobre todo de política. Ahora todo está muy tenso y preferimos que no asistan los políticos, aunque algunos son viejos amigos como Azaña —me explicó Sender.

—Otros venimos aquí para inspirarnos y escribir —añadió mi amigo Luis.

—Yo no podría concentrarme en un lugar con tanto bullicio —le confesé.

—El tema que habíamos pensado en tu honor… Bueno, aquí todos nos tuteamos, si no te incomoda —dijo Luis. Cuando negué con la cabeza continuó—: Es el de las librerías de Madrid. Todos somos unos amantes de los libros y creo que las hemos recorrido todas o casi todas. Desde mi punto de vista, la Cuesta de Moyano es uno de los mejores lugares para comprar libros. Son pequeños quioscos en la calle que sube hasta el Retiro, la mayoría de segunda mano, pero allí he encontrado obras magníficas a muy buen precio.

—Existe otra calle famosa en Madrid, la calle Libreros, donde compran los libros los estudiantes, que suelen ser de segunda mano. La mayoría de las librerías de esta calle las suelen regentar mujeres. Las más famosas son las de La Felipa, Doña Pepita y La Marcelina. La calle tiene incluso su leyenda: un pozo en el que supuestamente vivían dos dragones. Era una manera de asustar a los chiquillos para que no se acercaran a la zona, porque además de librerías también había muchas mancebías —dijo Eduardo.

—Ya sabrá la señorita que en Madrid no hay tantas librerías como en París o en Berlín. Nuestro pueblo no es dado a las letras. Esto viene de antiguo: la Inquisición consideraba sospechoso de herejía a cualquiera que supiera leer y escribir, ya que los moriscos y los judíos solían leer sus libros sagrados. Los cristianos viejos y muchos nobles presumían de ser analfabetos. Eso no ha cambiado mucho. En su mundo protestante era muy normal que cada iglesia tuviera al lado una librería, pero en España no. Al menos hasta que llegaron los protestantes, señores como Federico Fliedner, el hombre que fundó su escuela, y entonces comenzaron a abrirse librerías católicas por todos lados.

—Bueno, don Sebastián, no nos dé una clase de historia. Estamos hablando de librerías importantes —comentó Sender.

—Las mejores del centro son la Librería y Casa Editorial Hernando y la Casa del Libro —afirmó Eduardo.

—También hay que decir que los libreros en España no son muy simpáticos. Cuando alguien entra en su tienda, lo miran de mala manera, como si no quisieran deshacerse de ninguno de sus tesoros. Tampoco les gustan los profanos o los que penetran en sus dominios en busca de un regalo. A los libreros les interesan las personas curiosas, los aventureros que quieren internarse en campos desconocidos, en autores que jamás han leído. Es en ese momento cuando se les encienden los ojos, se convierten en las personas más amables de la tierra y abandonan su apatía y falta de fe en la humanidad —concluyó mi amigo Luis.

—Creo que estás siendo injusto con nuestros libreros. Tienen que poner los libros a un precio fuera del alcance de casi todos los bolsillos, apenas se llevan margen. Para ganarse unos cuartos, están horas y horas respirando el polvo de las estanterías mientras esperan que alguno de sus libros se marche y deje un espacio para otro nuevo —replicó Sender.

—Nadie ha hablado de la última novedad de Madrid —dijo Eduardo haciéndose el interesante. Todos lo miramos intrigados.

—¿A qué te refieres?

—El experimento que ha realizado el editor Rafael Giménez Siles. Un farmacéutico malagueño que para oponerse a la dictadura de Primo de Rivera fundó una editorial. Gracias a él se han traducido muchos libros extranjeros. Es el promotor de la Feria del Libro de Madrid —explicó Sender.

—La feria se celebró en abril y fue un éxito. Nunca había visto a tanta gente interesada por los libros —comentó Eduardo.

—Este sí que es un editor de raza, no como el mío. Fue quien editó a John Dos Passos y *Sin novedad en el frente* de Remarque.

—Bueno, también es un comunista consumado. En su editorial se publica *El capital*.

—Hay libertad de imprenta, ¿no? —se quejó Sender, que era un conocido anarquista.

—No vamos a hablar de política ahora, pero si Barbara abre una librería tiene que poner un puesto en la próxima Feria del Libro. Seguro que de esa manera da a conocer su tienda. Perdone lo descorteses que hemos sido, no la hemos dejado casi hablar.

Les sonreí.

—Tutéeme también. En Berlín trabajaba en una librería judía que vendía libros en varios idiomas, en especial en inglés y francés. También tenía una amiga que había abierto una librería de libros franceses. Quiero que la gente de aquí lea más libros franceses y alemanes.

La mayoría de los contertulios negaron con la cabeza.

—Si es difícil vender libros en español, en idiomas

extranjeros es mucho más complicado. A la mayoría de los españoles se nos resisten los idiomas —comentó Eduardo.

—No desilusionéis a mi amiga, que estamos buscando un local cerca de la Ciudad Universitaria. Si conocéis alguno nos avisáis. El negocio tiene que ponerse en marcha a comienzos de la primavera.

—Bueno, eso es lo que me gustaría —contesté. Cada vez veía más lejos mi sueño de abrir la librería.

—No puedes desanimarte, mis amigos y yo te ayudaremos.

Salí del café más ilusionada que nunca. Desde mi llegada a Madrid, entre las preocupaciones por los agentes alemanes y la organización de la boda no había tenido mucho tiempo para preparar el proyecto de la librería.

El taxi me dejó enfrente del colegio y, antes de despedirse, Luis me prometió que iría conmigo a buscar un local comercial adecuado cerca de la Ciudad Universitaria. Abrí la verja y entré en el colegio; se había hecho un poco tarde y estaban casi todas las luces apagadas. Escuché voces en el despacho de Teodoro y me quedé paralizada de miedo cuando reconocí la del hombre que lo acompañaba.

—Es un colegio alemán que recibe dinero de Alemania, tiene que enseñar a los niños alemanes y españoles los valores del Reich.

—Ya le he dicho que no comparto esos valores —dijo la voz sosegada del director.

—Pues pediré a su misión en Alemania que lo destituya y, si no atienden a razones, impediré que lleguen más donativos.

—No puede hacer eso, cientos de niños dependen de esas ayudas.

—No me interesan los niños pobres españoles: muchos acabarán siendo comunistas como Indalecio Prieto.

—Nosotros educamos en los principios cristianos, pero luego cada alumno toma su camino. Le aseguro que los valores de ese político...

—¡Es un socialista, un maldito revolucionario!

—Será mejor que se marche antes de que se despierten los niños.

El hombre salió del despacho. Me oculté entre las sombras para que no me viese.

Teodoro cerró la puerta de la calle y, al regresar a su despacho, se dio casi de bruces conmigo.

—Señorita Spiel, ¿qué hace aquí?

—Estaba entrando por la puerta y lo he escuchado todo.

—No sé qué ha escuchado, pero olvídelo. Yo tengo mis convicciones y no son precisamente de izquierdas, pero lo que quieren estos mafiosos es intolerable. ¿Qué gentuza gobierna nuestro país?

—Usted lo ha dicho muy bien, son gángsteres como Al Capone.

—Vaya a dormir. Joaquín me ha hablado de su proyecto, así que para que pueda comenzar le ayudaremos con los proveedores, si le parece bien.

Aquello parecía una confirmación de que tenía que ponerme manos a la obra cuanto antes.

—¡Gracias! —exclamé mientras le daba un abrazo.

El director se quedó algo avergonzado, pero no dijo nada. Corrí hasta mi cuarto y se lo conté todo a mi amiga. Aquella noche me tocaba soñar, imaginarme lo que sería abrir una librería en Madrid. No quería que nadie me despertara de ese sueño, ni siquiera los fantasmas del nazismo o las horas oscuras que también se ceñían sobre España.

12

Mi prometido no dejó de tener problemas desde su discurso en el Congreso. Largo Caballero, Indalecio Prieto y Fernando de los Ríos fueron ministros en el Gobierno de Azaña, pero como socialistas no podían ser más antagónicos. Muchos habían pedido un congreso del partido tras el fracaso electoral, pero los dirigentes lo impidieron, tal vez con el afán de no ser depuestos por unas bases más extremistas que ellos. Indalecio Prieto, como Juan, era reformista, pero Besteiro era marxista puro y Largo Caballero, estalinista. Muchos de los socialistas querían echar a la derecha del poder a base de huelgas, manifestaciones y la revolución, pero Juan opinaba que la crisis económica en la que estaba inmerso el país no haría sino empeorar. Mientras mi prometido luchaba su batalla política, yo continuaba ansiosa con mi proyecto de abrir la librería, hasta que casi se me olvidaron todos los preparativos de la boda.

Luis me llevó a visitar un local en la zona de Moncloa, en la calle Donoso Cortés. Aunque no era muy grande, había suficiente espacio para comenzar mi aventura. Tendría que pintarlo, comprar las estanterías y pedir la licencia. Luis se ofreció a solicitarla en mi nombre, para que no tuviera problemas por ser extranjera.

En la escuela, mientras diseñaba la distribución y la decoración de la librería, entró en el cuarto mi amiga María, muy arreglada, como si fuera a salir de fiesta, cosa que no hacía jamás.

—¿Cómo estás así todavía?

Fruncí el ceño, algo confusa. No sabía de qué me estaba hablando.

—Sí, Barbara, la conferencia del teólogo Dietrich Bonhoeffer.

Se me había olvidado por completo.

—No sé si quedarme…

Hacía un frío intenso en la calle, había oscurecido y me apetecía dedicar esas horas al proyecto de la librería.

—Venga, es una cita única. Bonhoeffer es uno de los pocos que se atreve a plantarle cara a Hitler. Ya solo por eso debemos apoyarlo.

Me vestí rápidamente, me abrigué todo lo que pude y media hora más tarde nuestro taxi se detenía frente a la iglesia luterana. En contra de lo que imaginábamos, apenas una veintena de personas se sentaban de forma dispersa en la capilla.

El pastor se alegró mucho al vernos y nos pidió que nos acercásemos para presentarnos al teólogo. Era un hombre apuesto a sus veintiséis años, con la barbilla pronunciada y un pelo rubio y fino. El prototipo nazi de alemán ario.

—Estas son las señoritas María von Hase y Barbara Spiel. Son profesoras en el colegio El Porvenir que dirige la familia Fliedner.

—Los Fliedner han sido una gran inspiración para los cristianos alemanes. Fundaron las Diaconisas y han fomentado la educación por todos lados —comentó el teólogo.

—La mitad de los asistentes son espías nazis —dijo el pastor en voz baja—. No se ha animado a venir ninguna autoridad católica ni ningún intelectual de renombre. ¡Qué país!

—No diga eso, pastor. Amo España y a su gente. El día que este pueblo sea educado y despierte, gobernará el mundo.

Bonhoeffer se sentó en la mesa junto al pastor y el murmullo comenzó a desaparecer. Nos acomodamos en primera fila, prefería no ver la cara de los agentes nazis.

—Nuestro invitado no necesita presentación, por eso me limito a cederle la palabra —dijo el pastor mientras miraba a su amigo teólogo.

—Edmund Burke dijo una vez que lo único que se necesita para que el mal triunfe es que los hombres buenos no hagan nada. Estas palabras del filósofo irlandés están hoy más vivas que nunca. El mal que asola nuestro mundo occidental no es el mal en estado puro, es más bien el engaño que nos hace creer que el adversario es un enemigo, que únicamente tiene propiedades malignas. Los grandes movimientos políticos, que se asemejan a los cultos religiosos, aspiran a destruir al contrario, a exterminarlo. Rousseau, Nietzsche y Arendt ya advirtieron de la caída de los paradigmas, de los modelos que durante dos mil años han regido la sociedad.

»La mayoría de las personas no son maliciosas, son estúpidas. Los estúpidos son más peligrosos que los malvados, ya que se sienten satisfechos de sí mismos y eso los vuelve muy peligrosos. La estupidez es mucho más perniciosa para la humanidad que la maldad. Uno se rebela ante el mal, debe combatirlo a toda costa, pero se siente indefenso ante la estupidez humana. A la estupidez no la pueden contener ni la fuerza bruta ni mucho menos las protestas. La estupidez humana hace oídos sordos a la razón: los necios no escuchan los argumentos y se muestran impasibles ante los hechos.

»La humanidad perdió el valor intrínseco del cristianismo, y la filosofía se ha encontrado perdida desde entonces. El nazismo, al igual que el comunismo, ha venido a sustituir el sentimiento religioso y se ha apropiado de este. Por eso, nuestra lucha contra el nazismo no es la lucha contra una ideología; en realidad, nos enfrentamos a una falsa religión, con sus falsos dioses, sus sacerdotes y hasta su libro sagrado.

»Los nazis han enraizado entre la gente corriente que no comprende el mundo en el que vivimos y que se siente asustada. La estupidez no tiene que ver con la clase social ni con la educación formal. Hay estúpidos con intelecto ágil, y lo son porque no piensan por sí mismos, han delegado esa función en otros. El hombre sin Dios se siente tan solo que se une a la masa para pertenecer a algo más grande, para cumplir una misión y buscar un propósito en la vida. El poder nazi necesita la estupidez de los alemanes, pero también se nutre de su soledad, al haber perdido el sentido de comunidad que les proporcionaba la Iglesia.

»Los verdaderos estúpidos no son los que no razonan, sino los que no tienen suficiente pensamiento crítico para negar las locuras de su mundo. El problema es que cualquiera de nosotros puede convertirse en mala persona si nuestro pensamiento crítico es bajo. Por eso, hoy más que nunca, debemos juzgarlo todo y retener lo bueno.

Media docena de personas comenzamos a aplaudir, el resto salió rápidamente de la sala.

—¿Alguna pregunta? —planteó el pastor a la concurrencia.

Levanté instintivamente la mano.

—Adelante, señorita.

—¿No ha sido la Iglesia un instrumento más del poder?

El teólogo afirmó con la cabeza.

—Sí, cuando la religión se apropia de la fe se convierte en una institución. La labor de la Iglesia no es ocuparse solo de los heridos, de los caídos bajo la rueda del carro, sino lanzarse a los radios de la rueda para detenerla, aunque eso le cueste la vida.

Sus palabras me dejaron sin aliento. Eso poco tenía que ver con la religión de reglas y normas que me habían enseñado. De lo que hablaba aquel hombre era de amor puro, un tipo de amor que conduce al sacrificio por los demás.

13

Madrid, 23 de mayo de 1934

Las cosas en el país no iban bien. Estalló una insurrección anarquista cuando aún no se había constituido el nuevo Gobierno, a principios de diciembre de 1933. Durante las revueltas, murieron setenta y cinco personas y un centenar resultaron heridas entre los insurrectos, y en las fuerzas del orden se contabilizaron catorce fallecidos y más de sesenta heridos. El Gobierno quería revisar algunos artículos de la Constitución de 1931 para ponerse a bien con la Santa Sede, que había perdido numerosos colegios, además de la expulsión de los jesuitas y la quema de numerosos conventos en los primeros meses de la Segunda República. El País Vasco y Cataluña tampoco aceptaban la deriva centralista del nuevo Gobierno y amenazaban con la independencia.

Escribí a mi amiga Françoise Frenkel con la esperanza de que acudiera a mi boda, pero su carta no pudo ser más desesperanzadora. Desde mi partida, las cosas no habían hecho sino empeorar. Se habían prohibido, además de los partidos políticos, los sindicatos, los periódicos que no estuvieran controlados por el régimen y el autogobierno de los estados federados. Mi amiga me contaba que estas medidas no habían mermado la popularidad de Hitler, que más bien la habían acrecentado. Los judíos sufrían cada vez más presiones para que abandonaran Alemania y la vida se había convertido en casi insoportable. Le resultaba muy difícil importar libros y cada día menos personas se atrevían a entrar en la tienda, aunque ella quería seguir resistiendo, al menos hasta que ya no aguantara más.

A nuestra boda fueron invitados algunos de los dirigentes de izquierdas más importantes. La celebramos en una finca a las afueras de Madrid por razones de seguridad. Juan temía algún tipo de ataque de la extrema derecha.

Mi suegra me ayudó a ponerme el traje. Nadie de mi familia había podido asistir y me sentía un poco triste. Los pocos amigos que tenía en la ciudad, además de María y Luis, eran Teodoro y su esposa, Joaquín y algunos profesores del colegio. Otro de los problemas fue decidir si la ceremonia debía ser religiosa. Juan era agnóstico, pero su madre quería una boda católica; yo era protestante, pero no me importaba cómo fuera la celebración. El padre de Juan quería que nos desposara un juez de paz y, como en casi todas las nupcias, sentíamos que los únicos que no teníamos voz ni voto éramos nosotros dos.

Al final nos casaríamos por lo civil, aunque Teodoro diría unas palabras.

Aquella mañana el sol resplandecía en Madrid, el cielo azul era la bóveda de nuestra iglesia y los árboles del jardín parecían invitarnos a regresar al paraíso perdido. Juan esperaba junto al altar, mientras el juez miraba de forma severa aquel dispendio de flores y adornos nupciales. La austeridad española, y en particular la republicana, contrastaba con aquella boda roja. Me llevó del brazo Luis, que se vistió de frac para la ocasión, con un sombrero de copa negro.

Mientras caminaba hacia el altar, no pude evitar que unas lágrimas me recorrieran el rostro hasta llegar al cuello, totalmente desnudo. Cuando Luis me entregó, me guiñó un ojo y aquel gesto me hizo sonreír.

El juez fue breve y, tras colocarnos los anillos, nos invitó a que nos besáramos. Los asistentes aplaudieron y nos sentamos a un lado. Teodoro se colocó en medio de todos aquellos amigos de mi esposo, la mayoría ateos y agnósticos, si exceptuamos a Indalecio Prieto, que siempre había insinuado que creía en Dios.

—Estamos aquí para celebrar la unión entre Juan y Barbara —dijo Teodoro—. El matrimonio no es un sacramento, al menos para nosotros los protestantes. Creemos que la unión entre un hombre y una mujer siempre está reconocida por Dios mismo. Dice el libro del Génesis: «Dejará el hombre a su padre y a su madre, y se unirá a su mujer, y serán una sola carne». Esta expresión es mucho más que la unión sexual, es sobre todo un misterio por el que quienes eran dos ahora son uno. Sin duda, nosotros seguimos viendo a dos personas externamente —dijo mientras nos señalaba, y la gente se echó a reír—, pero Dios ve solo uno. Y ellos, si quieren que esta unión perdure, deben verse como uno solo. Casarse es mucho más que una transacción comercial, una unión de casas, pero también es mucho más que las meras emociones. El amor debe transformarse en una amistad profunda para prosperar de otra manera. Los que ahora sueñan con estar juntos para siempre, dentro de muy poco anhelarán su vida anterior. La renuncia, el poner al otro en primer lugar y el sacrificio son los instrumentos del verdadero amor. El apóstol Pablo describe el amor de una manera magistral en su Primera Carta a los Corintios: «El amor es sufrido, es benigno; el amor no tiene envidia, no se envanece; no hace nada indebido, no busca lo suyo, no se irrita, no guarda rencor. Todo lo sufre, todo lo cree, todo lo espera, todo lo soporta». Ese es el verdadero amor.

»Juan y Barbara, espero que el amor que hoy profesáis en público os lleve por el camino de la vida y os acompañé hasta vuestro último aliento.

En cuanto nos pusimos en pie y sonó la marcha nupcial, la gente comenzó a aplaudir, a silbar y a lanzar vítores. Salimos sonrientes del edificio y, mientras

nos hacíamos las fotos de boda, los comensales pica-
ron algo en un cóctel. Cuando regresamos, estaban ya
todos sentados en su sitio, dentro de una gran carpa
blanca. En la mesa nupcial disfrutamos de nuestros invitados más cercanos: Luis, Teodoro y su esposa Ca-
talina estaban a mi derecha; los padres de Juan, a nuestra izquierda. Más allá se sentaban Teodoro hijo y el
resto de sus hermanos.

Indalecio Prieto se acercó para felicitarnos. Se
mostraba como un hombre afable y sonriente.

—¡Felicidades, parejita! Es una locura casarse en
los tiempos que corren, pero debemos dar nuevos cachorros a la República. ¡Salud! —dijo mientras levantaba su copa de vino.

Prieto se giró hacia Teodoro y, tras saludarlo, le comentó:

—Debo decirle que me ha gustado su sermón. Ya
sabe que me crie en la escuela misionera en Bilbao di-
rigida por José Marqués. Mis padres me enviaron allí
porque era muy económica, pero aprendí muchas cosas de esos hombres de Dios. Ojalá el amor fuera lo
que rige el mundo, como usted reivindica, pero me
temo que no es así.

—Siempre tenemos que brindarle una oportunidad, ¿no cree? —le contestó Teodoro.

—Nuestros enemigos no van a darnos abrazos. Todos creímos que la República nos uniría como a hermanos, pero no ha sido así. Los de siempre no se resig-
nan a perder sus privilegios.

—¿Usted lo haría? —preguntó Teodoro.

—Imagino que no.

—Estas cosas se solucionan con diálogo, pero a los españoles siempre nos cuesta escuchar al otro.

—¿Se considera español? —le preguntó sorprendido el socialista.

—Mi familia lleva aquí dos generaciones, Alemania es para nosotros el lugar del que obtener recursos y donde tomar aire, aunque ahora me temo que ya no queda nada del país de mis ancestros.

—Lo lamento. Espero que no lleguemos aquí a esa situación.

Teodoro se encogió de hombros.

—El futuro del país está en sus manos, Indalecio.

El socialista le miró con una sonrisa irónica.

—¿Ve a aquellos de allí? Son los que tienen la mayoría en el partido. El extremismo siempre es más atractivo que el diálogo. Rece mucho, lo vamos a necesitar.

Mientras Indalecio Prieto se alejaba de nuestra mesa, la cara de preocupación de Teodoro me asustó. A pesar de la ilusión por mi boda y por la apertura en unos días de mi librería, una sombra negra se cernía de nuevo sobre mí, como si el odio que había intentado dejar atrás se hubiera instalado también en España y estuviera a punto de devorarlo todo.

14

Madrid, 25 de mayo de 1934

Decidimos que no haríamos un viaje de novios formal. En verano recorreríamos en coche la costa norte de España, pero mientras tanto tuvimos que conformarnos con una noche en el Hotel Nacional y otra en Toledo. Juan quería enseñarme aquella ciudad milenaria, aunque apenas pude concentrarme porque tenía la mente en la librería. Al final había invertido más tiempo del planeado en la preparación del local; quería que fuera un sitio cómodo, en el que la gente se sintiera como en casa. Creé un espacio para los niños, algo muy novedoso en las librerías españolas del momento, que estaban pensadas para hombres de mediana edad que ejercían profesiones liberales. También organicé una sección de libros para jóvenes y reservé un espacio para la realización de presentaciones literarias y pequeños recitales.

Mientras volvíamos a Madrid desde Toledo, mi cabeza no dejaba de dar vueltas. En unas pocas horas sería la inauguración y aún quedaba mucho por hacer.

—¿En qué piensas, mi amor? —me preguntó Juan, que desde nuestro enlace se había vuelto mucho más cariñoso.

—No llegaremos a tiempo, quería preparar unos emparedados y comprar soda y algún refresco más.

—Todo saldrá bien, no te preocupes —dijo mientras ponía su suave mano sobre mi pierna.

Aquellas dos noches habían sido maravillosas. Nunca había dormido con un hombre, apenas me había besado con mi primer y único novio. La noche de bodas estaba muy nerviosa, pero Juan fue tan delicado que media hora más tarde estábamos disfrutando de nuestra unión. Al día siguiente, en Toledo, parecíamos más ansiosos por regresar al hotel que por ver la ciudad.

—Eso espero, Luis me dijo que llevaría a algunos de sus amigos para que todo estuviera listo. Tal vez debería haber retrasado una semana más la apertura de la librería.

En cuanto divisamos la ciudad sentí que el corazón se me aceleraba. Habíamos comido en un restaurante por el camino, pero yo apenas había probado bocado. Sentía un nudo en la garganta. Hoy me hubiera gustado que me acompañaran mi padre o alguno de mis hermanos. De algún modo no podía evitar sentirme muy sola.

Juan aparcó a unos metros de la librería. Nos acercamos y comprobé que el cierre estaba echado y apenas quedaba una hora para la inauguración.

—¡Dios mío! —exclamé nerviosa. Juan había abierto la puerta y, para mi asombro, unas diez personas me esperaban dentro para darme una sorpresa. Una de ellas era mi padre. Me abracé a él y no pude evitar llorar como una niña. Olfateé su perfume y el olor de su traje.

—¡Papá!

—Siento no haber llegado para la boda. Los países europeos están en tensión máxima. Me retuvieron en la frontera de Francia un día entero, pero al menos he llegado para la inauguración. ¡Es magnífica!

Sin dejar de abrazarlo, le enseñé la librería. Luis se me acercó y me señaló la mesa con todos los canapés y emparedados.

—¿Está todo al gusto de la señora? —preguntó con pomposidad.

Le sonreí.

—Ahora solo falta que venga gente —bromeé. Mis expectativas eran bajas. El día se había levanto gris y lluvioso, algo muy normal en Berlín, pero que en Madrid era garantía de fracaso.

—Vendrá, ten fe —me dijo mientras mandaba a dos chicas que movieran las copas y el vino a la otra mesa.

Una hora más tarde, ya estaban colocadas las sillas. Ramón J. Sender se había comprometido a dar un breve discurso y también asistirían Teodoro y algunos miembros de la comunidad alemana.

Diez minutos antes del acto, la mitad de las sillas estaban aún vacías. Miré al reloj varias veces, estaba muy nerviosa. Juan me abrazó y, tras besarme, me dijo:

—¡Tranquila! Los sueños tardan en verse cumplidos, habrá muchos otros días.

—Sí, pero esto es comenzar con mal fario.

—Tú no crees en esas cosas —bromeó.

En aquel momento llegó Sender con varios amigos. Me los presentó y ocuparon las sillas. Al poco rato llegó Teodoro, su esposa, varios de sus hijos y algunos profesores, acompañados de unos cuantos de mis alumnos. La sala estaba casi llena cuando algunos amigos del partido y el mismo Indalecio Prieto hicieron acto de presencia. Unos minutos más tarde, la gente se agolpaba en el fondo de la librería.

—Muchas gracias a todos por asistir a la inauguración de la Librería de Madrid. El nombre no parece muy original, pero se trata de un homenaje a esta ciudad que me ha dado tanto. Mi padre y mi esposo están aquí, también mis suegros y muchos amigos. Sean todos muy bienvenidos.

El público arrancó a aplaudir y me senté junto a Luis y Sender. Luis se levantó para introducir al orador del acto:

—Los libros, esos eternos compañeros. Hoy inauguramos un nuevo hogar para que la cultura encuentre reposo en esta España de caciques, ignorantes, fanáticos y sectarios. Abrir una librería es siempre una forma de enfrentarse a lo inverosímil: ¿por qué la gente va a comprar libros? Es normal que compre carne o pescado, leche o pan, pero no libros. No deja de ser una rareza que unas hojas de papel cobren valor por un poco de tinta impresa. Por eso, el gran Ramón J. Sender nos va a explicar qué encontramos en los libros para que nos enamoremos de ellos.

Se puso en pie nuestro amigo escritor, ceremonioso, como si fuera a dar un sermón.

—Esto, señoras y señores, no es una tienda: es un templo. Lo que ven en las estanterías y en las mesas y lo que asoma por los escaparates no son objetos, ni siquiera símbolos: son ventanas y puertas a otros mundos. Pensarán que exagero y podría hacerlo, soy escritor y el histrionismo se me presupone. Los escritores somos los últimos profetas. La política y la ideología lo han devorado todo, que me perdonen los líderes políticos que nos acompañan esta noche. El hombre ya no es libre, se ha convertido en esclavo de la modernidad. Le han robado el tiempo, los sueños y hasta el alma. Cuando abrimos un libro, sin embargo, el mundo se recrea como si estuviéramos de nuevo en el paraíso perdido.

»Desde la Antigüedad, los libros han sido un depósito sagrado, un regalo de los dioses para comunicarse con los hombres. Por eso, esta librería es un regalo para la ciudad de Madrid.

»Gracias, Barbara, por este maravilloso regalo. Ahora, ¡todos a comer y a beber gratis!

La audiencia se levantó para aplaudir y María y varias amigas sirvieron las bebidas. Algunos escritores se me acercaron para felicitarme y otros, para venderme su libro.

Me sentía tan querida y tan bien tratada en esta que ya era mi ciudad que decidí que a partir de entonces escribiría mi nombre de pila a la española, con tilde: «Bárbara».

La noche estaba resultando ideal hasta que escuchamos el estruendo de una piedra que atravesaba el escaparate. Un papel envolvía el pedrusco. Me apresuré a extenderlo y leí en voz alta la nota manuscrita: «No dejaremos que envenenéis más a la juventud española. Los defensores de la Nación».

Miré a Juan y este se encogió de hombros, el resto se quedó en silencio. Yo levanté la copa y exclamé:

—Ladran, luego cabalgamos. ¡Que siga la fiesta!

SEGUNDA PARTE

¡No pasarán!

15

Madrid, 12 marzo de 1936

El tiempo había pasado volando. La librería había alcanzado una cierta popularidad entre muchos de los estudiantes de la Ciudad Universitaria. Yo promovía un club de lectura y organizaba actividades para los niños los sábados, así como presentaciones y pequeños conciertos de música clásica. Las horas en la librería eran agradables, como un remanso de paz en un mundo cada vez más violento y peligroso.

Mi amiga Françoise Frenkel me escribía de vez en cuando para contarme cómo estaban las cosas en Alemania. Ya era muy difícil encontrar divisas y el régimen nazi se estaba lavando la cara ante la inminente celebración de los Juegos Olímpicos de Berlín. A mí me costaba también mucho importar libros, parecía que el mundo se preparaba poco a poco para la guerra. La censura había llegado a las librerías alemanas y la policía retiraba los ejemplares de escritores como André Gide y Romain Rolland. Los clientes se habían acostumbrado a acudir a primera hora para llevarse los libros antes de que los censores los apartasen de las estanterías.

En España las cosas no estaban igual, aunque la violencia política crecía por momentos. Yo también me había visto afectada.

La Falange, uno de los partidos de extrema derecha de corte fascista, tenía mucho predicamento entre los estudiantes universitarios, en especial los de la facultad de Derecho. Por eso a veces pintaban en el escaparate su símbolo del yugo y la flechas, arrojaban huevos o ponían pegamento en la cerradura.

Mi amigo Luis me ayudaba por las tardes, cuando la librería estaba más concurrida. Juan pasaba gran parte de la jornada en la sede del partido o en el Congreso. El año 1934 y buena parte de 1935 fueron muy turbulentos con el intento de revolución en Asturias y la posterior intervención del ejército, el amago de independencia en Cataluña y las luchas callejeras entre los partidos.

Las elecciones generales de febrero de 1936 no calmaron los ánimos. Las derechas acusaban al Frente Popular, un conglomerado de partidos de izquierdas, de pucherazo. El resultado estuvo tan ajustado en la mayoría de las circunscripciones que un pequeño número de votos determinó la pérdida o la obtención de un escaño.

Aquel día parecían cumplirse algunas de las amenazas que se habían intercambiado los diputados de izquierdas y de derechas en el hemiciclo. Mi esposo llegó por la tarde a la librería con el rostro desencajado; estaba al borde del colapso. Le pedí que se sentase en una silla y Luis fue a buscar un vaso de agua.

—¿Qué ha pasado? —le pregunté inquieta, temiendo que algo terrible les hubiera sucedido a sus padres.

—Han intentado matar a Luis.

—¿Qué Luis?

—Luis Jiménez de Asúa.

Mi marido tenía muy buena relación con Luis, un profesor universitario que se enfrentó a la dictadura de Primo de Rivera y fue un destacado miembro de las Cortes constituyentes.

—¿Cómo ha sido? —le preguntó Luis mientras le acercaba el vaso.

Juan tomó varios sorbos de agua, se desanudó la corbata y levantó aquella mirada limpia que aún conservaba a pesar de todo lo que estaba sucediendo en el país.

—Creemos que ha sido una venganza de los falangistas por la muerte hace unos días de Juan José Olano, el alumno de la universidad que fue atacado supuestamente por militantes de izquierdas.

—¡Dios mío! —exclamé algo nerviosa. Aún ignoraba lo peor.

—Esta mañana había quedado con Luis para acompañarlo a la universidad, a un acto con estudiantes.

Cuando le vi salir del portal con su escolta, José, lo saludé con la mano, crucé la calle y nos metimos todos en el coche. Apenas habíamos avanzado unos metros y tres hombres nos dispararon a bocajarro. Las balas alcanzaron al escolta, a mí me rozaron en el brazo y a Luis ni le tocaron.

En ese momento me fijé en la sangre del hombro que le manchaba la chaqueta. Se la quité y vi la camisa desgarrada.

—Me han curado en el hospital, no es nada importante, pero esto va a complicar más las cosas. Después de que nos atendiera el médico, hemos ido a Gobernación y el ministro nos ha dicho que va a ordenar la detención de toda la cúpula de la Falange.

Sabíamos que aquello suponía un paso más hacia el abismo. Gil Robles no había reconocido la victoria del Frente Popular y la ley de amnistía no había gustado a la derecha, pero buena parte de la izquierda tampoco acataba las leyes. Todo el mundo tenía la sensación de que nadie apoyaba ya la República.

Escuchamos bullicio en la calle. Algunos estudiantes de derechas se manifestaban y rompían los escaparates de los comercios supuestamente regentados por personas de izquierdas.

—Será mejor que eche el cierre —dijo Luis mientras salía a la calle. Estaba bajando la persiana de hierro cuando dos falangistas le empujaron. Tras patearlo en el suelo, subieron de nuevo la persiana.

Juan se puso en pie y buscó su arma en la chaqueta.

Estaba autorizado a llevarla por su condición de posible víctima de atentado.

—¡No lo hagas! —le grité mientras le seguía hasta la calle.

Cuando los dos falangistas se disponían a romper el cristal del escaparate con una barra de hierro vieron a Juan con la pistola.

—¡Hijo de puta, dispara! —le gritaron mientas amenazaban a Luis con la barra.

—¡Marchaos y no os haré daño!

—No te tenemos miedo. ¡Volveremos y quemaremos este nido de rojos de mierda! —exclamó uno de los falangistas, que apenas debía de tener dieciocho años.

Ayudé a Luis y Juan se ofreció a llevarlo a casa. Cerré la librería y, todavía temblando, me monté en el coche. Luis estaba recostado en el asiento trasero.

—Vamos a llevarte al hospital.

—No, por Dios, estoy bien, no me han roto nada. Me tomaré un orujo en casa y después me echaré a dormir. Mañana estoy como nuevo.

Juan ayudó a mi amigo a subir a su piso y después nos dirigimos a casa. Yo no dejaba de temblar.

—No te preocupes, esos cerdos lo van a pagar —dijo mientras posaba su mano sobre mi pierna.

—No quiero más violencia —le contesté entre lágrimas—, por eso me marché de Alemania.

Al llegar, Juan me abrió la puerta del automóvil y del portal y tomamos el ascensor. Entramos en casa.

La calefacción estaba muy fuerte. Me senté en el sillón del salón y estallé a llorar de nuevo.

—¿Quieres que nos marchemos de aquí? —me preguntó mi marido.

Con los ojos nublados por las lágrimas negué con la cabeza.

—¿Adónde vamos a ir? Todo el mundo está igual, parece que la locura lo invade todo —dije.

Me abrazó y, mientras sentía su cuerpo contra el mío, me dijo con una voz tan dulce que logró consolarme por completo:

—Te cuidaré, no va a sucederte nada, dentro de poco las cosas se calmarán. Estamos sufriendo los coletazos de una violencia que ha nacido muy lejos de aquí. Los españoles somos un pueblo pacífico y estoy convencido de que no tendremos una nueva guerra civil. El siglo pasado fue un desastre, pero hemos aprendido la lección.

Intenté creer en las palabras de mi esposo. Él conocía la situación mejor que yo, que no dejaba de ser una extranjera en tierra extraña. Oí el sonido de la lluvia que golpeaba los cristales y pensé que el mundo seguiría dando vueltas a pesar de nosotros, que nos creíamos tan importantes pero que éramos meras sombras pasajeras de las que no quedaría ni rastro al cabo de unos años.

16

Madrid, 24 de mayo de 1936

Aquella mañana de domingo era casi perfecta. Las cosas no habían mejorado mucho en el país, pero me sentía tan feliz que estaba convencida de que nada sería capaz de ensombrecer la inauguración de la cuarta edición de la Feria del Libro de Madrid. Las casetas, en pleno paseo de Recoletos, relucían a la par que los libreros levantábamos las persianas para atender a los miles de lectores madrileños que esperaban impacientes.

Los árboles nos protegían del sol que ya prometía que en muy pocos días comenzaría el verano. Los magnolios, los tilos, las acacias y los plataneros flanqueaban el largo paseo, mientras que las flores recién plantadas mostraban sus vivos colores a los viandantes. El canto de los pájaros, a pesar de la cercanía de los coches, colmaba de melodías aquella tranquila mañana dominical. La banda municipal, en cualquier caso, había ensayado el *Himno de Riego*, que se había convertido en el nuevo himno nacional.

Juan Bautista Bergua consiguió, junto con Rafael Giménez Siles, organizar una nueva edición de la feria a pesar de los problemas de seguridad y la violencia que comenzaba a adueñarse de las calles.

Los carteles en los tranvías anunciaban la feria con citas de autores famosos como Cicerón, Roger Bacon y Plinio el Viejo. Parecía que la publicidad había surtido efecto, porque el paseo estaba abarrotado. La mayoría del público esperaba delante de la caseta de información, ya que no se podía acceder a la feria hasta que no se inaugurase oficialmente.

Juan acudió con algunos miembros del Gobierno, como el director general de Seguridad, José Alonso Mallol. Unos minutos más tarde, se les unieron el vicepresidente del Congreso, Luis Jiménez de Asúa, el presidente del Consejo de Ministros, Santiago Casares Quiroga, y el alcalde de la ciudad, Pedro Rico, entre otras autoridades.

Cuando llegaron Manuel Azaña Díaz, presidente de la República, y las máximas autoridades vestidas de chaqué, se cortó la banda y se dio por inaugurada la feria.

Los escritores parecían exultantes en el que muchos consideraban su día.

Me sudaban las manos. Luis, a mi lado, esperaba a los ilustres clientes que se paraban en cada caseta a mirar los libros. Azaña hablaba un instante con el librero, después de darle la mano, y continuaba su camino.

El presidente se detuvo en la caseta de las Sociedades Bíblicas y charló unos segundos con Adolfo Araujo García.

—Ya no se persigue a los colportores de la Biblia como en la época de Borrow.

—Afortunadamente no, esperemos que no regresen esos tiempos —le contestó el librero, que a continuación le entregó un ejemplar de bolsillo de la Biblia.

—Gracias. No sé si España necesita más Biblias o más escuelas.

—Una cosa no es incompatible con la otra, señor presidente.

Llegaron justo a la caseta que tenía a mi lado, la de Ruiz Hermanos. Azaña se detuvo a hojear varios libros.

Juan estaba unos pasos por detrás de las autoridades principales, pero nuestras miradas se cruzaron un instante.

—En esta librería no he estado nunca. ¿Es nueva, señorita? —me preguntó Azaña.

—Soy la señora Spiel de Delgado. Hace dos años abrimos la librería cerca de la Ciudad Universitaria. Vendemos principalmente libros en francés y alemán y novelas.

—Es la esposa de Juan Delgado —le explicó Luis Jiménez de Asúa.

—Por Dios, la alemana. Es un gran placer conocerla.

—Gracias.

Las treinta y siete casetas de aquella edición no tardaron en llenarse de público. Juan se acercó a la mía y me lanzó un beso.

—Nos vemos esta noche, que todo vaya fenomenal.

Aún sentía mariposas en el estómago cada vez que le veía. El verdadero amor siempre se aviva con el tiempo. Era la persona más importante para mí y su sola presencia me llenaba de felicidad.

—Vaya con los dos tortolitos —dijo Luis mientras me guiñaba un ojo.

Tres horas más tarde, cuando estaba a punto de ir a almorzar, escuché una voz conocida.

—Señora Spiel.

Levanté la vista y me encontré con el pastor luterano de la capilla del paseo de la Castellana.

—Buenas tardes, me alegra verlo. ¿Quiere comprar algún libro? Tenemos de varios teólogos alemanes.

El hombre negó con la cabeza.

—No, pero me gustaría que tomásemos un café, tengo algo importante que contarle.

El tono de sus palabras y su rostro algo descompuesto me asustaron, por eso accedí de inmediato.

Fuimos al cercano Café Gijón. A esa hora mucha gente estaba almorzando, pero los libreros teníamos algunas mesas reservadas para nosotros. Nos sentamos y, tras mirar a un lado y a otro, el pastor me espetó:

—Las cosas se van a poner feas en España.

—Ya sé que hay mucha tensión política, pero en cuanto llegue el verano todo el mundo se irá de vacaciones y dejarán los problemas para septiembre —dije en tono de broma, para quitar algo de gravedad a sus palabras.

—Los tentáculos de Hitler cada vez se extienden más. Me mandan de regreso a Alemania. La Iglesia está controlada por los nazis y quieren pastores afines en los países más importantes. Gracias a uno de mis feligreses me he enterado de algunas informaciones preocupantes.

—¿Por qué me lo cuenta a mí?

Nos trajeron dos cafés y un par de dulces. El pastor esperó a que se retirase el camarero.

—España tiene acuerdos secretos con Alemania desde 1928, pero no está enterado de ellos ni el Gobierno. El general Bazán firmó un primer convenio con Wilhelm Canaris por el cual se intercambian información los servicios secretos de la armada alemana y del ejército español. Un agente preguntó por usted.

—¿Por mí?

—Saben que es hija de un importante diputado y líder socialdemócrata.

—Mi padre está en el exilio.

—Para ellos, un enemigo siempre es un enemigo. Tenga cuidado.

Intenté no darle mucha importancia a aquella advertencia.

—El Gobierno es de izquierdas en este momento y

no me deportarían a Alemania. Además, mi esposo es español.

—No he hablado de deportación, la Gestapo no usa medios legales.

—Entiendo.

—Tenga mucho cuidado, los nazis están planeando algo. El embajador ha comprado el periódico *El Sol*, uno de los pocos diarios que no era afín a su régimen. Están en contacto con Gil Robles y los falangistas, y un empresario alemán que vive en el Marruecos español, Johannes Bernhardt, intenta que Hitler ofrezca su apoyo a los militares españoles.

—¿Apoyo para qué? —le pregunté inocente.

—Para un golpe de Estado. Los militares están muy incómodos en la República. Sanjurjo se encuentra en el exilio, pero no se ha quedado quieto.

—El pueblo está con la República —le repliqué.

—Eso es en las grandes ciudades, pero en las pequeñas localidades y en las zonas rurales las ideas republicanas no han cuajado mucho. Esta es una nación de alzamientos y golpes de Estado, será mejor que tenga mucho cuidado y que al menor problema se marche del país.

Me encogí de hombros.

—¿Adónde podríamos ir?

—A Gran Bretaña o a México. A cualquier sitio, pero lejos de aquí. Una última cosa…

Sin darme cuenta, me había estado hincando las uñas en la palma de la mano.

—Dígale a su amigo Fliedner que también esté prevenido. Los nazis quieren cerrar sus colegios o hacerse con ellos —añadió.

El pastor se puso en pie a la par que estrujaba con la mano su sombrero negro y miraba a un lado y a otro.

—¿Usted va a volver a Alemania?

El hombre negó con la cabeza.

—No, tengo familia en Austria, creo que allí estaré más seguro.

Mientras el pastor se alejaba del Café Gijón noté que el corazón se me aceleraba. Si aquel hombre estaba en lo cierto, España podía convertirse en una dictadura militar como la portuguesa o, en el peor de los casos, en un régimen fascista como el italiano. Tenía que hablar con Juan cuanto antes y contarle todo lo que sabía.

17

Le comenté a mi amigo Luis que tenía que hacer unos recados y le pedí que se encargase de cerrar el puesto de la feria. Luis me miró algo preocupado, pero no hizo preguntas.

—Estás pálida.

—Estoy bien.

Tomé el tranvía en dirección al Congreso. Bajé en la plaza de Neptuno y subí por la Carrera de San Jerónimo. Recordaba que Juan me había dicho que comería en el Hotel Palace. Los dos porteros vestidos de librea me abrieron las puertas. Apenas había atravesado el vestíbulo cuando un hombre delgado con el pelo muy corto se me acercó.

—Señora Spiel.

Le miré algo sorprendida y asustada al ver que conocía mi nombre.

—Perdone que la asalte de esta manera. Mi nombre

es Alan Hillgarth, asesor de la embajada de su majestad británica.

—¿Le conozco?

—No, pero nosotros la hemos estado observando. Es buena conocedora de la comunidad alemana en Madrid, vende libros al Colegio Alemán, a la embajada y a muchos miembros de su comunidad. Hoy se le ha acercado el pastor luterano de San Jorge.

Me quedé sin palabras.

—No sé qué le ha contado —continuó—, pero tenga mucho cuidado, los espías alemanes y la Gestapo la tienen vigilada. Ahora mismo no la ha seguido nadie, por eso me he arriesgado a comunicarme con usted. En este hotel hay muchos espías, ¿me acompaña a una sala privada para hablar un momento?

El hombre me tomó del brazo y entramos en un pequeño salón vacío. Unos camareros estaban poniendo las mesas, pero al vernos se marcharon.

—Tenemos algo en común. Escribo novelas, por eso podría ir a su librería sin levantar sospechas. Queremos que espíe para nuestro país.

—No soy ninguna espía. ¿Lo está diciendo en serio?

El hombre se cruzó de brazos y me contestó:

—¿Le parece que estoy de broma? Su padre ha pedido asilo en Gran Bretaña, ya no se siente seguro en Holanda. Está en su mano que lo aceptemos o lo deneguemos. La guerra en el continente es inevitable y no sabemos hasta dónde son capaces de llegar los nazis, pero sospechamos que van a propiciar una guerra larga en España para probar sus armas y sus estrategias y demostrar su fuerza.

—¿Cree que es inminente?

—Estamos hablando de unas pocas semanas. Los nazis quieren evacuar a los alemanes más destacados de Madrid, por si el golpe no triunfa en la capital. Los cuatro servicios secretos que operan aquí están en alerta: la Abwehr de Canaris, el Ministerio de Asuntos Exteriores comandado por el ministro Ribbentrop, el SD de Himmler y algunos informadores privados.

Intenté dejar de temblar, pero mi cuerpo estaba sometido a un estrés insoportable.

—Su misión será muy sencilla. Nos veremos en su librería una vez a la semana y me informará de lo que oiga, vea y descubra en la iglesia, en el Colegio Alemán y en los otros sitios que visita por su trabajo. A cambio, le facilitaremos una vía de escape si las cosas se ponen feas. Además de proporcionarle el visado a su padre.

—¿Puedo pensarlo?

El hombre negó con la cabeza.

—Está bien, aunque no sé cómo lo voy a hacer.

El hombre sacó del bolsillo una pistola minúscula, una cámara de fotos muy pequeña, un pase que me permitiría entrar en la embajada británica y una llave.

—Esta llave abre una cámara de seguridad en el Banco de España. Allí tiene dinero suficiente en libras para abandonar el país si corre peligro, pero antes deberá avisarnos.

El espía me puso una mano en el hombro y me dijo sonriendo:

—La guerra crea extraños aliados, pero no olvide que hay muchas cosas en juego. España es un polvorín y no estamos seguros de si es mejor un gobierno de un partido de extrema izquierda o un gobierno de los militares. Por ahora, las órdenes de Londres son apoyar a la República e impedir que los nazis consigan su objetivo. Buena suerte.

Me quedé sola en la sala. No sabía si regresar a casa, correr hasta el comedor del hotel y lanzarme a los brazos de Juan o irme a la librería como si nada de lo que había vivido en las últimas horas hubiera sucedido.

18

Mientras esperaba en casa a Juan no dejaba de asomarme a la ventana y mirar entre los visillos. Me obsesionaba pensar que alguien me hubiera seguido, pero todo parecía tranquilo. Llamé a María para ir a verla al colegio al día siguiente. Con esa excusa podría charlar con Teodoro hijo, ya que su padre se había jubilado a finales del año anterior. No le tenía tanta confianza, ni tenía tan clara su oposición al régimen nazi, pero por lo que me había explicado el pastor no debía simpatizar demasiado con Hitler.

Había preparado una cena ligera: una sopa de pollo y unas bacaladillas como le gustaban a Juan. Me había llamado para decirme que llegaría pronto a cenar, pero ya pasaban de las nueve y no había regresado. Cuando escuché las llaves de la puerta corrí hasta la entrada y me abracé a él en cuanto cruzó el umbral.

—¿Estás bien? No tengo un recibimiento como este todos los días —me dijo.

Intenté sonreír, pero no lo logré. Arranqué a llorar por la tensión que había acumulado durante todo el día.

—¿Qué te sucede? ¿Has recibido noticas de Alemania?

—No, vamos a hablar mientras cenamos, que ya se habrá enfriado todo.

Serví la sopa y, mientras Juan la tomaba con avidez, le conté mi encuentro con el pastor. No hizo ningún gesto, como si se reservara su respuesta para el final. Después le detallé lo que me había sucedido en el Palace. Aquello sí que le hizo reaccionar enseguida.

—¿Le han propuesto que se convierta en espía a la mujer de un diputado del Congreso español? Esos piratas ingleses no respetan nada.

—¿No te ha sorprendido lo del golpe militar?

Juan comenzó a comer la bacaladilla; yo apenas tocaba el plato, no tenía nada de apetito.

—No somos tontos, los servicios secretos han estado vigilando a los generales y a varios políticos, por no hablar de nuestro propio sistema de espionaje, creado por el partido. El 8 de marzo, en casa del faccioso ese de Gil Robles, se celebró una reunión con los generales más importantes: Mola, Orgaz y Franco, entre otros. Se acordó que darían un golpe para instaurar una junta militar provisional presidida por el general Sanjurjo.

—Pensé que estaba en Portugal.

—Allí sigue, pero no deja de conspirar. Fue un error indultarlo por su anterior golpe. Sabemos que la voz cantante en España la lleva el general Mola, que está en Pamplona y que intenta meter en el ajo a los carlistas. Incluso sabemos que la intentona sería en julio, aprovechando unas maniobras.

—¿Y qué vais a hacer?

Juan negó con la cabeza.

—¿Nada? —le pregunté sorprendida.

—Ya intentaron algo parecido en el treinta y cuatro, pero no tienen cojones. En febrero también estuvieron conspirando, y ya te digo que no lo conseguirán. Saben que el pueblo está de nuestro lado.

—Pero tienen el apoyo de los nazis y los fascistas italianos. El espía inglés me ha comentado que no sabe por quién se decantará su país si los militares se rebelan. Por eso la derecha está intentando remover las aguas, quieren que la guerra parezca inevitable. Además, la izquierda también está cometiendo crímenes —afirmé.

Juan frunció el ceño. Era un hombre justo, pero no dejaba de pertenecer a un partido de izquierdas.

—Esa gente no se pondrá de acuerdo. Conocemos todos sus movimientos gracias al general Juan García Gómez-Caminero, que nos es leal. La UMRA también nos mantiene informados por medio de sus infiltrados. Y el director general de Seguridad ha pinchado varios teléfonos para vigilar a los generales.

En ese momento comencé a sentir un fuerte dolor en la barriga.

—¿Te encuentras bien? —me preguntó Juan al ver mi expresión de dolor.

—Sí —contesté, pero sentí otro pinchazo en la tripa.

Entonces noté algo húmedo en las piernas. Miré y vi que era sangre.

—¿Qué es eso? —preguntó asustado.

Le miré y no pude pronunciar palabra. Perdí el conocimiento. Cuando abrí de nuevo los ojos me encontraba en el hospital.

19

Me dolía mucho el abdomen y sufría náuseas. Al despertar, vi que una monja vestida de blanco sacaba algo de mi habitación y me sobresalté. Juan saltó de su asiento y me dio la mano.

—Tranquila, amor, estoy aquí.

—¿Qué ha sucedido?

—El doctor nos ha dado una buena noticia —dijo mientras le brillaban los ojos—. ¡Estás embarazada!

—¿Qué?

—Pero tienes que guardar reposo unas semanas. Al parecer se trata de un embarazo de riesgo.

La noticia me pilló por sorpresa, aunque en el fondo era consciente de que podía suceder en cualquier momento.

—¡Qué buena noticia! —exclamé mientras intentaba incorporarme, pero un nuevo latigazo me obligó a tumbarme.

—No te muevas. Debes quedarte aquí esta noche. Mañana te llevaré a casa, pero me tienes que prometer que guardarás cama unos días.

—Tengo mucho trabajo, estamos en plena Feria del Libro. No puedo…

En ese momento aparecieron Luis y otros amigos escritores. Rodearon la cama y mi amigo me explicó las buenas noticias:

—La feria es un éxito, está todo controlado. He contratado a una ayudante, no debes preocuparte por nada.

—Es demasiado trabajo —le contesté.

—Yo estaré por las mañanas en la librería y por las tardes en la feria; la ayudante cubrirá el resto de horas. Es una chica francesa amante de los libros, estoy seguro de que te va a caer muy bien. Ahora será mejor que descanses.

El resto de los escritores me lanzaron besos y unos minutos más tarde estábamos de nuevo solos los dos.

—Me quedaré toda la noche en el hospital —me dijo mi marido.

—No, tienes que trabajar y yo me encuentro bien. Vete y descansa.

Juan, que llevaba un día entero en el hospital, me miró entre aliviado y culpable. A continuación, se colocó el sombrero, me besó en la frente y, antes de marcharse, me dijo:

—Mañana al mediodía estaré aquí para recogerte. Que descanses.

Me encontraba exhausta. En cuanto apagaron la

luz me sumergí en el más profundo de los sueños, aunque se convirtió en una pesadilla. En mi delirio alguien me perseguía por las calles de Madrid mientras caía un gran chaparrón. Eran unos hombres con unos temibles perros negros. Desperté justo cuando estaban a punto de atraparme.

Abrí los ojos, pero la oscuridad lo invadía casi todo. El silencio del hospital se interrumpía en ocasiones por algún gemido lejano. Intenté coger el vaso de agua de la mesilla, pero no lo encontraba.

—¡Tenga! —escuché en la oscuridad y di un respingo.

—¿La he asustado?

La voz me era desagradablemente conocida. Era el mismo agente que divisé en el tren a mi llegada a Madrid y que nos amenazó en la iglesia luterana. Llevaba mucho tiempo sin verlo, ni siquiera en los actos más significativos de la embajada alemana.

—¿Qué hace aquí?

El hombre se aproximó un poco y vi su feo rostro entre sombras.

—Venía a advertirla. Creo que el pastor luterano la molestó ayer en la feria. No se preocupe por él, ya descansa en paz.

Mi corazón latía a toda velocidad.

—¿Qué le ha hecho? —le pregunté con la voz entrecortada.

—Se ha reunido con su creador. Sepa que llevamos años inclinando la opinión pública española a nuestro favor. Nuestro agregado de prensa, el señor Lazar, ha realizado un trabajo fantástico, y para ello no hemos reparado en gastos.

—¿Por qué me cuenta todo esto?

—Con un chasquido de dedos puedo hacer que la secuestren y la lleven a Berlín. Lo único que me hace dudar de una acción así, que resulta de una extrema dificultad, es que tiene muchos contactos y amigos, y que su marido es un diputado socialista. Si trabaja para nosotros no le haremos nada...

No podía creer lo que escuchaban mis oídos.

—¿Una espía nazi? Es eso lo que me propone.

—Una patriota. ¿Acaso no es alemana?

—Me fui del país para no regresar jamás.

El hombre me miró a los ojos. Sus pupilas parecían dos cuencas vacías, pero al mismo tiempo una pequeña llama parecía iluminarlas.

—No ha entendido nada, ¿verdad? Vamos a ganar esta guerra y dominaremos el mundo. La raza aria es superior a todas las demás. El Tercer Reich perdurará mil años y quien no esté a nuestro lado perecerá. Si se niega a colaborar, cuando nuestros aliados tomen el poder en España, regresaré a por usted y me la llevaré a Alemania. ¿Lo ha entendido?

Tenía la boca seca y me costaba respirar con dificultad. Temía que el pánico que sentía me hiciera perder el bebé.

Afirmé con la cabeza. No podía hacer otra cosa en ese momento.

—En la capilla principal de la iglesia hay una puerta que comunica con la embajada, esta es la llave. Espero un informe suyo cada quince o veinte días. ¿Lo ha entendido?

—Pero yo no sé nada.

—Espíe a su marido y a sus compañeros, a los otros miembros de la comunidad alemana, y descubra quién está de nuestro lado. Cualquier información nos es útil en estos momentos.

El hombre abandonó la habitación, pero su pestilente colonia permaneció varias horas para recordarme su amenazante visita. Ahora me veía obligada a trabajar como agente doble; si cualquiera de las dos partes me descubría, las consecuencias serían terribles. En ese mismo instante, decidí que haría todo lo posible para engañar a los nazis y entorpecer sus planes en España, aunque me costase la vida.

20

Madrid, 17 de julio de 1936

Estuve varias semanas sin salir de casa. La única razón no fue el peligro de aborto, también temía encontrarme con el agente de la Gestapo. Era irracional pensar que el simple hecho de quedarme al abrigo de mi hogar me ponía a salvo, lo sabía, pero mi habitación se convirtió en cierto modo en mi castillo.

Por las mañanas pasaba la mayor parte del tiempo leyendo y al mediodía Juan intentaba venir a casa a comer. Una chica limpiaba la casa y preparaba la comida. Por las tardes solía acompañarme María, que ya había terminado sus clases. Por medio de mi amiga mandé un mensaje a Teodoro Fliedner hijo para que tuviera mucho cuidado e intentase no oponerse abiertamente al régimen de Berlín: la vida de miles de niños dependía de las aportaciones alemanas. María también estaba en peligro, pero su confianza en Dios la mantenía siempre en calma, como si nada la afectase demasiado.

Algunas tardes venía Luis, que me explicaba cómo marchaban las cosas en la librería. Aunque la feria fue un éxito, las ventas bajaban mucho en verano. La gente solía ir a la costa para no tener que soportar las altas temperaturas de la capital. Por eso fue asesinado el diputado José Calvo Sotelo, cuyo cadáver apareció en el cementerio de la Almudena, porque no encontraron a José María Gil Robles, que estaba de vacaciones en Biarritz. Lo más grave de aquel crimen fue que lo cometieron guardias de asalto, que detuvieron al político en su misma casa y luego lo mataron a sangre fría con cuatro milicianos socialistas.

Juan se quejó ante el dirigente que había ordenado aquella ejecución. Sabía que podía convertirse en la excusa perfecta para un levantamiento armado. Mi marido regresó ese día furioso culpando a Largo Caballero de la ejecución del político antirrepublicano.

El día anterior había amanecido más caluroso de lo habitual. Los madrileños combatían la canícula en las terrazas de las cervecerías y los cafés. Yo llevaba unos días yendo a trabajar y había entregado un informe en la embajada alemana, inventado en su mayor parte, para que me dejaran en paz. También me vi una vez con Alan Hillgarth en el Hotel Palace, pero no le proporcioné ninguna información relevante por mi larga convalecencia.

Por la tarde, cerramos la tienda y Luis me acompañó hasta casa. Decía que las calles de Madrid se habían vuelto demasiado inseguras. Buena parte del ejército se había sublevado en el Protectorado de Marruecos y, aunque el gobierno no le concedió mucha importancia, la crispación se palpaba en todos lados.

Muchos obreros habían salido a la caza del fascista, que en aquellos momentos de tensión podía ser casi cualquier persona vestida con traje o que circulara en un buen coche. Miembros de la CNT y la UGT solicitaron armas a Santiago Casares Quiroga, pero este se negó. Juan se había ido muy temprano a la sede del partido y yo no estaba segura de que aquella noche fuera a casa a dormir.

—El Gobierno se está descomponiendo, en cuanto se nombre a un nuevo presidente les darán armas a los obreros.

—¿No es mejor así? —le pregunté a Luis.

—Ya sabes lo que pasó en Rusia. Me dan miedo los militares, pero también los milicianos que se pasean armados por Madrid. Esto va a terminar como el rosario de la aurora.

—Esperemos que todo quede en nada —dije, aunque sabía de los muchos intereses que se escondían detrás y que el odio acumulado durante los últimos años era la materia prima perfecta para una guerra cruenta y tal vez larga.

El taxi me dejó justo delante de mi portal. Antes de entrar, abrí el buzón y me encontré con una nota:

«Venga de inmediato al Edelweiss. Por su bien». No había estado muchas veces en aquel restaurante alemán, pero sabía perfectamente que era el lugar preferido de la comunidad alemana en la ciudad.

Tomé otro taxi hasta la calle Jardines, donde se encontraba el local que regentaba un tal Rothfritz. Entré en el restaurante. Desconocía quién era el remitente de la nota, pero imaginé que se trataba del agente de la Gestapo, a quien no veía desde hacía semanas.

—Señora Spiel —dijo un hombre al que no conocía—. Su contacto ha salido para Berlín, pero hasta que se restablezca el orden yo estoy al mando. Soy el señor Meyer.

Me sonaba aquel apellido, pero no recordaba dónde lo había oído.

—Dirijo un club nocturno en Gran Vía y conozco a muchos miembros de los partidos de izquierdas. Sé que por ahora no vendrán a por mí, pero mi jefe me ha comunicado que usted debe buscar refugio en la embajada alemana. Todos los ciudadanos de nuestro país son víctimas potenciales de los milicianos.

—Mi marido es un diputado socialista.

—Ya lo sé, pero esto se va a poner muy feo. Primero dispararán y después preguntarán.

—Estoy embarazada.

El hombre se encogió de hombros.

—Mi jefe ya me advirtió de que reaccionaría así… Entonces, deberá seguir facilitándonos información, pero no puede realizar las entregas ni en la embajada ni en la iglesia. A partir de mañana no serán lugares seguros. Pasaré por su librería, aunque yo le aconsejaría que guardase en el almacén todos los libros alemanes, al menos hasta que los ánimos se calmen un poco.

En ese momento escuchamos un estruendo. Alguien había lanzado una bomba de humo. Después cayeron varios cócteles molotov y el fuego se extendió con rapidez. Era imposible escapar por la entrada principal. El dueño del restaurante comenzó a gritar en alemán para que todos los clientes huyeran por las cocinas.

En el callejón trasero, la mayoría de nosotros tosíamos y teníamos los ojos irritados por el humo. Una turba de milicianos nos rodeó. Golpearon a varios hombres. Una de las mujeres se abalanzó sobre mí, pero al ver mi estado ordenó a sus compañeros que me llevaran detenida a la Casa del Pueblo para interrogarme. Atraparon a otras tres personas y nos metieron a todos a golpes en una furgoneta. Mientras el vehículo se balanceaba por las adoquinadas calles de Madrid, lo único que le pedía a Dios es que no le ocurriera nada a mi bebé.

21

Madrid, 18 de julio de 1936

Nos condujeron a un local en el barrio de Legazpi, una nave grande que debía usarse de cochera pero que en ese momento estaba completamente vacía. A mí me dejaron en un despacho; desconozco qué hicieron con el resto. Tras cinco horas sin comer ni beber, las manos atadas a la espalda y habiéndome orinado encima, llegó una mujer vestida con un mono de obrero, el atuendo que terminaría por convertirse en el uniforme de muchos milicianos. Se trataba de una mujer muy guapa, con unos enormes ojos negros resaltados por el maquillaje y de una piel muy pálida que contrastaba con su pelo negro. Me sonrió como si fuéramos amigas y se sentó al otro lado de la mesa.

—¿Por qué estoy aquí? Mi esposo es Juan Delgado, un militante socialista y diputado en Cortes.

—Nosotros no somos socialistas —contestó escuetamente.

—Estoy embarazada, me he orinado encima y tengo que comer algo antes de que mi ayuno afecte al bebé.

—¿Qué hacía en el restaurante? ¿No sabe que aquello es un nido de nazis?

—Soy de origen alemán, un amigo me invitó a cenar. Es todo lo que sé.

La mujer se echó hacia delante.

—Dime la verdad y te soltaremos.

—¿Quiénes son ustedes para retenerme?

—Nosotros somos ahora la autoridad. Los militares fascistas han intentado un golpe y no sabemos quién es de los nuestros o de los suyos. Pero los alemanes son de los suyos, de eso no cabe duda.

—Mi padre era diputado socialdemócrata en Alemania. Ahora está en el exilio.

La mujer encendió un cigarrillo y comenzó a fumar.

—Todo lo que ha sucedido es culpa de los socialdemócratas. Siempre creyeron que no era necesaria la revolución, que los empresarios y los burgueses se portarían bien y repartirían sus riquezas. Y luego se atreven a llamarnos ingenuos a nosotros... La única solución para los problemas de España es una revolución comunista. Nuestros enemigos están en todas partes, también en la izquierda.

—Eso es una locura —contesté.

La mujer se puso en pie y me abofeteó varias veces. Sentí un ligero mareo y un zumbido en el oído.

—Hablarás cuando yo te diga. ¿Dónde se han metido el resto de las ratas nazis? ¿En la embajada alemana? ¿En ese colegio de Bravo Murillo que llevan alemanes?

—No —negué con la cabeza—, esa es buena gente que ayuda a los niños pobres. La escuela lleva en Madrid desde el siglo pasado.

La mujer se rio.

—Algunos burgueses creen que su limosna y su compasión son suficientes para los pobres obreros, pero vamos a terminar con todo eso de una vez por todas. Esos cerdos militares nos lo han puesto en bandeja. Es la hora de la revolución: nos pararon en el treinta y cuatro pero ahora no lo van a conseguir.

—Te llevaré a su escondite —le dije en un tono de confianza para que me desatara y tener una oportunidad de escapar.

—¿No decías que no lo sabías y que no eras nazi?

—No lo soy, pero el hombre con quien me vi sí lo es. Me dijo dónde se esconderían.

La mujer frunció el ceño.

—¿Por qué te lo dijo?

—Cree que estoy de su lado.

La mujer sacó una navaja y se acercó hasta mí. Contuve la respiración. Se agachó y cortó la cuerda que me ataba las manos. Me chascaron los hombros cuando los moví hacia delante; después me froté las muñecas.

—¿Nos llevarás hasta allí?

—Sí —le contesté sin disimular el miedo que me infundía.

La mujer llamó a uno de los hombres y me montaron en un Renault al que habían pintado unas siglas en rojo. Los guié hasta la iglesia luterana. La verja estaba cerrada con un candado.

—¿Es aquí? —me preguntó la mujer. Era noche cerrada y no se veía nada en el interior.

El miliciano reventó el candado y pasamos al jardín. Después abrió la puerta de la capilla de un tiro. El olor a cirio y a madera me recordaba a mi infancia en la iglesia, donde siempre me sentí segura. En aquella ocasión no era así.

—Aquí no hay nadie —dijo la mujer.

—Espera.

Me dirigí al fondo del templo y abrí la puerta, donde se encontraba el acceso que comunicaba con la embajada. Aproveché que estaban distraídos para abrir la puerta de hierro y cerrarla tras de mí antes de que lograran entrar. Escuché varios disparos y corrí por el pasadizo. Llamé a la otra puerta, un hombre me abrió y me miró intrigado.

—¿Cómo ha llegado aquí? —me preguntó a la vez que me apuntaba con un arma.

Al ver que estaba embarazada, me dejó entrar y cerró la puerta. Mientras nos dirigíamos a la planta baja, un hombre salió a nuestro encuentro. Era Meyer, que de alguna manera había logrado llegar a la embajada.

—Veo que ha logrado salvarse. Espero que ahora sea consciente de lo que son capaces sus amigos de extrema izquierda.

Estaba tan agotada que no respondí. Una enfermera me acompañó hasta una cama, me ayudó a cambiarme y me ofreció una cena liviana. Después me quedé profundamente dormida.

22

Madrid, 20 de julio de 1936

No pegué ojo en toda la noche. Me encontraba dolorida, humillada y temía perder el bebé. Había manchado un poco y el médico de la embajada me había vuelto a recomendar reposo. No teníamos línea telefónica ni forma de salir a la calle. Un grupo de milicianos vigilaba la entrada. A pesar de que el golpe de Estado había fracasado en las grandes ciudades, los sublevados se hicieron fuertes en muchas zonas rurales y en el Marruecos español. Los alemanes y otros ciudadanos extranjeros confiaban en que todo se solucionaría pronto y podrían volver a sus actividades cotidianas. Creo que nunca echamos tanto de menos la rutina como cuando la perdemos. Yo recordaba el café de la mañana en mi cocina, el beso de despedida de Juan, las mañanas en la librería, las comidas juntos y las noches durmiendo abrazados. Sabía que, con la llegada del bebé, muchas de esas cosas cambiarían, pero éramos unos afortunados por conservar nuestro amor entre tanto odio. No había paz en el mundo porque faltaba en el corazón de los hombres. Muchos filósofos argumentan que el problema radica en la sociedad, en el ambiente o en la falta de educación, pero lo que realmente marca la diferencia es una familia que te eduque en los valores básicos de respeto al otro, en la honradez, la dignidad y el amor.

Al día siguiente me desperté algo más recuperada. Estaba decidida a salir del edificio e irme a casa. No había hecho nada malo y no tenía por qué esconderme de nadie. Me levanté de la cama y me puse la ropa limpia. Cuando me dirigía a la salida me detuvo Meyer.

—¿Se ha vuelto loca? ¿No sabe lo que está sucediendo en Barcelona? Muchos alemanes han sido detenidos, sus empresas saqueadas y no sabemos si alguno incluso ha sido asesinado. Ya le dije que en momentos como este uno debe elegir entre su patria o el caos.

Miré con cierto desprecio a aquel hombre. Mi esposo era español, el niño que llevaba en mi seno también lo sería y no tenía nada que ver con la Alemania de Hitler, donde al antisemitismo, el racismo y la persecución al diferente campaban a sus anchas.

—Nosotros somos la única alternativa a todo este caos, por eso mucha gente nos sigue. Esos milicianos descontrolados son peores que bestias.

—He visto muchas cosas en Alemania y no sé en qué se diferencian de los camisas pardas...

—A esos estúpidos borrachos se los eliminó en el verano del treinta y cuatro. Alemania está ahora en orden.

Sabía que aquel tipo mentía. Mi amiga me mantenía informada de lo que sucedía en mi país.

—Incluso se está siendo más tolerante con los judíos, aunque sin quitarles la vigilancia —añadió Meyer—. En cuanto se les da un poco de libertad, esas ratas se envalentonan. Si quiere, puede hacerle llegar un mensaje a su esposo. Estará segura si él viene a recogerla.

Me sorprendió el ofrecimiento de aquel individuo despreciable, pero acepté. Ya no aguantaba ni un minuto más en aquel lugar.

Juan no tardó en llegar. Una hora más tarde me esperaba en la puerta del edificio con su coche y un escolta. Salí y nos abrazamos, pero al momento varios milicianos se nos acercaron.

—Camarada, tenemos que interrogar a cualquier alemán que salga de la embajada —dijo el que parecía capitanear el grupo.

—Soy diputado y uno de los hombres de confianza del ministro de Gobernación.

El miliciano frunció los labios en un gesto de desprecio.

—Nosotros no nos plegamos a las directrices del Gobierno, seguimos las de nuestro partido. ¿Quién está asaltando el Cuartel de la Montaña? Nosotros, porque los instrumentos represores del Estado están del lado de los insurrectos y muchos de los que se llaman de izquierdas no quieren una verdadera revolución obrera. Mírese —dijo con desprecio a mi marido—, ¿en qué se diferencia usted de un pequeño burgués? Será mejor que se quite esa corbata antes de que alguien lo haga de un tiro.

Aquel comentario me recordó a los *sans-culottes* franceses, los resentidos que llamaban revolución y cambio social a lo que en realidad eran saqueo y venganza.

El guardaespaldas de Juan sacó su arma y los milicianos, que iban desarmados, dieron un paso atrás.

—Nos vamos por las buenas o por las malas. Usted elige, camarada —dijo Juan perdiendo la paciencia.

—Está bien, tampoco es para ponerse así. Su mujer está embarazada y eso lo respetamos, pero que no ande sola por la calle. Por muy esposa suya que sea no deja de ser una alemana.

Nos metimos en el coche con el susto aún en el cuerpo.

—¿Qué está sucediendo, Juan?

Mi esposo no contestó. Miró por el espejo retrovisor. El miliciano había apuntado la matrícula.

—¿Por qué te escondiste en la embajada? No ha sido una buena idea.

—Escapaba de otros milicianos que me detuvieron.

—Vamos a casa, allí te lo contaré todo.

No tardamos en llegar a nuestro piso. Al entrar, cerré con llave y me dirigí a la cocina para prepararme un té.

Nos sentamos frente a la ventana. Hacía mucho calor pero corría un poco de aire.

—Ha habido una remodelación en el Gobierno. Martínez Barrio intentó formar uno ayer, pero la gente se manifestó en contra. Azaña dio la orden de disolver el ejército y hemos perdido las tropas leales, pero los sublevados siguen levantándose en muchas ciudades.

—Esto es el caos —le comenté preocupada.

—Hay mucha confusión, pero pronto terminará el golpe y regresará el orden.

Por primera vez en mi vida no creía a mi marido.

—¿Quién es el presidente del Gobierno?

—José Giral.

Me sorprendió mucho aquel nombramiento: era un hombre de paja sin apoyos ni liderazgo. Hasta que no se formara un gobierno estable la situación sería muy peligrosa.

—Mandé a Luis a que cerrase la librería por ahora. Se están produciendo saqueos y asaltos a comercios de extranjeros, iglesias y conventos.

—Me parece bien. ¿Cómo están en el colegio El Porvenir?

—No lo sé —contestó Juan. Me preocupaba que algún grupo de fanáticos hubiera asaltado el edificio de Madrid, así como las sedes de los alrededores de la ciudad.

—Tenemos que ir allí y ver cómo se encuentran.

—Largo Caballero está intentando convencer a Azaña para que se cree un gobierno de concentración con una mayoría de izquierdas. Hasta entonces no tengo ninguna autoridad. Ya has visto lo que ha sucedido en la embajada.

—No voy a dejar solos a mis amigos en un momento así.

Juan sabía lo determinada que era, por eso al final accedió a acompañarme. Cuando llegamos, reinaba la tranquilidad. El conserje nos abrió con cara de temor. El día anterior, unos extremistas habían intentado acceder a la escuela, pero los padres de algunos alumnos y los amigos de la familia Fliedner lo impidieron.

Teodoro estaba reunido con los profesores en el comedor. Sonrió al verme allí.

—Las cosas están muy difíciles. Ayer pudimos celebrar el culto en Calatrava. Se escuchan tiros por todas partes, por eso les pido que no salgan del edificio ni dejen salir a nadie.

—¿No sería mejor irse a la embajada? —planteó uno de los profesores de origen alemán. Le secundaron algunos más de los extranjeros.

—Son libres de marcharse. Como familia, tomaremos nuestra decisión en el momento adecuado.

En cuanto terminó la reunión me acerqué a Teodoro, que nos agradeció que estuviéramos allí.

—¿Necesitan ayuda? —se ofreció Juan.

—Por ahora estamos tranquilos, ojalá todo se calme en unos días.

—¿Dónde está María? —le pregunté extrañada al no verla allí.

—Estuvo el domingo en la iglesia bautista y no regresó.

Aquel comentario me dejó muy preocupada. A la embajada no había acudido, porque la habría visto. Me temía que la hubieran detenido.

—Nos marchamos, pero pediré al gobernador civil que les proteja si es necesario —dijo Juan para tranquilizarlo, aunque resultaría muy difícil parar a los milicianos, armados por el propio gobierno, si asaltaban el colegio de improviso.

En casa, me acosté de inmediato. Estaba agotada y habían regresado los dolores en el vientre. Temía perder el bebé. Aquella noche, por primera vez en años, le pedí a Dios que protegiera a mis amigos y que cuidara de mi hijo. El mundo se descomponía tan deprisa que la única esperanza era que se produjera un milagro.

23

Las esperanzas de un gobierno más estable bajo la presidencia de Largo Caballero se disiparon a las pocas semanas. A principios de septiembre, las tropas sublevadas que habían logrado llegar a la península ya estaban en Talavera de la Reina. La euforia de los primeros meses de guerra daba paso al temor. Madrid había vivido aquellas semanas en un ambiente festivo, una mezcla de fanatismo e ingenuidad, pero el Gobierno no había recuperado el control de las calles, y las checas, como se denominaba a las cárceles ilegales de los partidos políticos, seguían abiertas.

Muchos presos comunes liberados durante los primeros días del conflicto encontraron acomodo en estas agrupaciones paramilitares, como sucedió en mi país con los veteranos de guerra en las SA. La justificación para la represión contra las clases medias en la capital se basaba en unas declaraciones del general Queipo de Llano, que manifestó, en una de sus famosas alocuciones desde Sevilla, que en Madrid existía una quinta columna y que la capital pronto caería en manos sublevadas.

Francisco Franco fue nombrado jefe del Gobierno nacionalista y, en su toma de posesión, prometió que no pararía hasta liberar a España de los rojos. Cada día llegaban a la ciudad muchos refugiados que habían logrado escapar del avance de los ejércitos de Franco. Narraban sucesos terribles. Además de los fusilamientos sin juicio previo y las violaciones a las mujeres, los sublevados encarcelaban a cualquiera que hubiera pertenecido a un partido político o a un sindicato.

Se habilitaron los sótanos del edificio de Telefónica para acoger a algunos refugiados. Teodoro y varios profesores del colegio fueron allí a donar mantas y algo de comida y me aventuré a acompañarlos.

Mientras repartía la comida y la ropa de abrigo, una mujer se me abrazó y comenzó a llorar.

—Muchas gracias por todo, y más todavía en su estado.

Mi embarazo ya era muy evidente.

—Tenemos que ayudarnos unos a otros. ¿Cómo se llama?

—Olga, mi nombre es Olga.

Dos niños pequeños se agarraban a sus faldas.

—¿Su esposo está bien?

La mujer se echó a llorar.

—Somos de Ciempozuelos... Cuando entraron, los militares detuvieron a muchos de los hombres, entre ellos a mi esposo. Colgaron a los prisioneros de unas cuerdas en el embarcadero de reses bravas y azuzaron a los animales para que envistiesen. Cuando los toros atacaban, los bajaban para que los corneasen. Mi Julián fue uno de ellos. Un astado le sacó las tripas. A las mujeres nos obligaron a mirar. Después de ver agonizar a mi marido, me violaron cuatro moros, pero ya no sentía nada. Me han arrancado el corazón. Si no fuera por ellos —comentó señalando a los niños—, no sé qué locura haría.

La abracé. Era lo único que podía hacer por ella.

—¿Por qué tanto odio? —me preguntó, pero yo no tenía la respuesta.

Teodoro me acompañó con el coche. Había conseguido que no se lo requisaran. Muchos milicianos se quedaban con los coches particulares y la gasolina estaba racionada.

—¿Saben algo de María?

—No —me respondió algo apesadumbrado. Llevaba dos meses detenida y nos temíamos lo peor.

—Juan ha preguntado tanto en las Milicias de Vigilancia en Retaguardia como en la sede del Departamento Especial de Información del Estado, que está en O'Donnell, pero nadie sabe nada. Indalecio Prieto también está haciendo averiguaciones. Su intención es organizar un servicio de información y terminar con el caos de las checas y sus prácticas arbitrarias.

Teodoro me dejó en la librería. Había quedado allí con Luis para decidir si volvíamos a abrir. Nos despedimos y le prometí que seguiría buscando a María. Su familia merecía saber lo que le había sucedido, y yo necesitaba encontrarla.

La embajada alemana se había trasladado a Alicante en agosto y, como Hitler había dado la orden a todos los alemanes de abandonar la zona republicana, apenas quedaban compatriotas míos en Madrid.

Luis me esperaba con un plumero en la mano.

—Querida, es como si en la tienda se hubiera detenido el tiempo. Qué tristeza, esta guerra inesperada. Nunca imaginé que llegaríamos a este extremo.

—Vivimos tiempos turbulentos, peligrosos, en los que defender la verdad puede costarte la vida.

Luis me miró y señaló las pilas de libros.

—Solo ellos nos pueden salvar. En sus páginas hay esperanza y consuelo. Te ayudan a entender el mundo y a entenderte a ti mismo.

Eché un vistazo a mi librería y tuve ganas de llorar.

—Se han prohibido todos los textos escritos por fascistas o por personas que apoyen el golpe. Tenemos que quitar de la venta todo lo de Miguel de Unamuno, que ha apoyado la sublevación, además de los libros de otros autores.

No sabía nada de las prohibiciones. Me parecía increíble que un gobierno democrático lo permitiera.

—Peor andan las cosas en el otro bando —dijo Luis mostrándome un ejemplar de *Yugo y Flechas*, la hoja de combate de Falange Española de las JONS.

—¿Cómo has conseguido eso?

—Contactos.

Leí el párrafo que me señalaba con el dedo:

¡Camarada! Tienes obligación de perseguir al judaísmo, a la masonería, al marxismo y al separatismo. Destruye y quema sus periódicos, sus libros, sus revistas, sus propagandas. ¡Camarada! ¡Por Dios y por la patria!

—Me han contado que en Baleares y en otros sitios, en cuanto asaltaron las sedes de los partidos, sacaron todos los libros a la calle y los quemaron en hogueras —añadió Luis—. Los fascistas han prohibido a muchos autores, como Sabino Arana, Rousseau, Marx, Voltaire, Lamartine, Remarque, Gorki y Freud. No han perdonado ni siquiera las bibliotecas de los colegios. Una nueva inquisición se extiende por España.

Aquella locura me dejó desanimada. La quema de libros de 1933 en Alemania fue la antesala de todo lo que sucedería más tarde.

—Entonces ¿crees que es buena idea que abramos la librería?

Mi pregunta quedó en el aire unos instantes. Luis miró las estanterías y las mesas apagadas de libros que llevaban demasiado tiempo en aquel cementerio.

—¿Tú aguantarás con esa barriga? —preguntó.

Afirmé con la cabeza.

—Pues mañana volvemos a sembrar de esperanza este mundo desolado.

Aquella fue una de mis pocas alegrías desde el principio de la guerra. Tuvieron que pasar muchas semanas hasta que otra buena noticia me iluminara el día.

24

Madrid, 6 de noviembre de 1936

La librería se mantuvo abierta a pesar de las presiones de algunos milicianos, a los que no les gustaba que una alemana regentara una tienda. A medida que los sublevados se aproximaban a la capital, los fanáticos se ponían más nerviosos y reaccionaban de una forma más violenta. Los rumores de que el Gobierno de Largo Caballero se marcharía a Valencia y de que se iniciaría la evacuación de algunos tesoros artísticos de Madrid dispararon todas las alarmas.

En Radio Lisboa se anunció la caída inminente de la capital. Sabíamos que si Madrid cedía tendríamos que huir. Juan sería fusilado de forma fulminante y yo acabaría en una celda por la simple razón de ser su esposa.

Mi esposo salió de casa muy temprano aquella mañana. La noche anterior lo dejamos todo preparado para partir. Los bombardeos de las últimas jornadas habían sido insoportables y temíamos que alguna bomba nos alcanzase. Los padres de Juan se habían trasladado ya a Valencia y estaban preparándolo todo para nuestra llegada.

Luis entró en la librería de buen humor. Yo empaquetaba los libros para guardarlos en el sótano, por si podíamos regresar a la ciudad más adelante.

—¿Qué haces?

—Nos vamos, Luis, y tú deberías plantearte hacer lo mismo.

—Nunca me he significado políticamente.

—Pero intentaste organizar un sindicato de escritores.

Mi amigo se echó a reír.

—Antes a las ranas les crecerán pelos. Además, el mundo editorial se ha ido al carajo. El Palacio de la Novela se reconvirtió en la Biblioteca del Pueblo: el dueño se aprovechó del espíritu republicano para hacer caja. Ahora ha huido y los trabajadores han refundado la editorial con el nombre de Trabajadores de la Editorial Castro.

—Pensé que eso te alegraría.

Luis frunció el ceño. No era precisamente un comunista.

—Ya sabes que fui policía. Durante décadas tuve que perseguir a delincuentes, pero también a terroristas anarquistas, y no me fío de los fanáticos de ninguna especie. Ya me imagino qué tipo de libros sectarios van a publicar. Cuando nos conocimos, te comenté que los poderosos siempre han utilizado la cultura para imponer sus ideas. Estos supuestos revolucionarios no son muy distintos. El mismo perro con distinto collar.

Sonó la sirena que anunciaba un inminente bombardeo y cerramos la tienda para dirigirnos a uno de los refugios. Durante las primeras semanas la gente no hacía mucho caso de los avisos, pero el número de muertos no dejaba de aumentar y ahora todos salían despavoridos ante cualquier conato de bombardeo. A los ataques de los aviones había que sumar los cañonazos desde el frente, que se encontraba ya a las afueras de la ciudad.

Estábamos todavía lejos del refugio. No podía correr en mi estado y las piernas de Luis tampoco eran muy ágiles. Justo en ese instante escuchamos los motores de los aviones y, al poco rato, los silbidos de las primeras bombas que descendían del cielo de Madrid.

A unos trescientos metros, el primer proyectil impactó de lleno en un tranvía que afortunadamente estaba vacío, ya que la población abandonaba de inmediato los transportes y echaba a correr.

Nos lanzamos al suelo y nos cubrimos la cabeza, pero un segundo obús cayó mucho más cerca. Algunos fragmentos de la explosión llegaron hasta nosotros.

Durante más de media hora no nos atrevimos a levantarnos del suelo helado. Cuando pasó el peligro y nos pusimos de nuevo en marcha, vimos con horror que las bombas habían estallado en un colegio próximo. La gente se agolpaba entre las ruinas para sacar de allí a los niños, mientras muchas de las madres llegaban corriendo para buscar a sus hijos. Nos unimos a los que quitaban los cascotes; los bomberos y algunos vecinos se arriesgaban a entrar en el edificio para buscar a los supervivientes.

Los primeros cuerpos no tardaron en salir: niños de apenas cinco o seis años destrozados por la metralla, otros que habían perdido algún miembro pero que afortunadamente estaban con vida. Me sequé las lágrimas con las mangas de la chaqueta y continué quitando escombros.

Las madres caminaban entre las filas de cadáveres en busca de sus hijos. Algunas suspiraban aliviadas, pero las que reconocían al suyo lanzaban gritos desgarrados de dolor, como si les arrancaran las entrañas.

Luis me acompañó a casa al ver que había comenzado a sentirme mal. Juan llegó cuando me encontraba en la cocina, intentando preparar algo de comer con lo poco que conseguíamos gracias a las cartillas de racionamiento, a pesar de que, por su posición en el Gobierno, él podía acceder a más víveres que el resto de la población.

—Se van —dijo mientras se quitaba el abrigo y los zapatos.

—¿El Gobierno? ¿No te parece de cobardes?

Juan aún defendía la actitud de sus camaradas. El presidente del Gobierno había intentado restablecer el orden en la capital sin mucho éxito y la República se había fraccionado en mil diminutos grupos sectarios que no deseaban colaborar entre sí. Los franquistas ganaban todas las batallas.

—Bueno, hay que proteger al Gobierno —comentó.

—¿Y nosotros?

—Me han ordenado que me quede con el general Miaja. Se teme que los comunistas aprovechen la situación para controlar la ciudad y crear un régimen estalinista.

Me crucé de brazos y dejé la cena en el fuego.

—¿En qué se diferencian de Largo Caballero? Él ha dicho decenas de veces que hay que instaurar un régimen como el soviético.

Juan me miró algo enfadado.

—Es política y tenemos que contentar a todo el mundo. Los soviéticos son los únicos que parecen estar interesados en apoyarnos, por eso son tan importantes ahora los comunistas. El presidente no quiere que se conviertan en nuestros intermediarios.

No me convencían las explicaciones de mi marido. La guerra se estaba convirtiendo en un conflicto internacional. Los alemanes y los italianos, pero también los soviéticos, veían en España una oportunidad para probar sus armas y ensayar un enfrentamiento europeo que cada vez parecía más próximo. El odio sembrado durante años iba acrecentándose día a día.

Ganara quien ganase, la represión posterior iba a ser feroz. Las fechorías cometidas en las dos retaguardias eran escandalosas, unos verdaderos crímenes de guerra, en su mayoría consentidos u ordenados por las autoridades.

—¿Qué sucederá si los franquistas entran en Madrid? —le pregunté sin poder disimular mi preocupación.

—Bueno, si entran en Madrid, todo estará perdido para nosotros.

25

Madrid, 8 de febrero de 1937

Franco no había logrado conquistar Madrid, pero sí asediarlo casi por completo. Muchos decían que no le interesaba ocupar la capital y que deseaba que la guerra se alargara. Él sabía que una rendición prematura no le permitiría realizar lo que en realidad anhelaba: destruir todo lo que consideraba enemigo de España y controlar por completo el poder en el bando sublevado, que en el fondo era una amalgama de partidos, ideologías e intereses muy diversos. La ejecución de José Antonio Primo de Rivera en Alicante le dejó vía libre para asumir el control político del bando nacional, ya que entre los políticos sublevados nadie podía hacerle sombra.

No se quería decir en voz alta, pero la República estaba perdiendo la guerra. Además, Madrid no se hallaba a salvo: el Gobierno de Largo Caballero continuaba en Valencia. En el bando republicano también se estaba disputando una guerra cainita, sobre todo desde la llegada del apoyo soviético en forma de armas y asesores. Las cosas andaban todavía peor en Cataluña y en el País Vasco, donde los nacionalistas hacían la guerra por su cuenta.

Al tener la librería cerrada, me pasaba la mayor parte del tiempo entre la escuela y la casa. Cuando ya pensaba que me había librado de Meyer y los espías alemanes, lo vi llegar de frente justo antes de entrar en el colegio El Porvenir. Me quedé paralizada. Aunque la última vez me hubiera echado una mano, sabía que su presencia no auguraba nada bueno.

—Señora Spiel, qué placer volver a verla. Temía que le hubiera pasado algo, aunque ya me imaginaba que una mujer tan astuta como usted sobreviviría a una guerra como esta y a mucho más.

—No puedo decir lo mismo —contesté con sinceridad.

—Pues le traigo buenas noticias, aunque le costará un precio. No se preocupe, no será muy alto.

—¿No ve mi estado? Puedo dar a luz en cualquier momento, en unos días salgo de cuentas.

El hombre sonrió cínicamente.

—No le supondrá mucho esfuerzo. Queremos un informe con los planos de las defensas de Madrid y la disposición de las tropas. A cambio le diremos dónde se encuentra su amiga María.

Me quedé sin palabras. Casi había perdido la esperanza de encontrarla con vida. En agosto se produjo una matanza en la Cárcel Modelo de Madrid, y en noviembre y diciembre se llevaron a cabo fusilamientos sistemáticos en Paracuellos, aprovechando que el Gobierno se había marchado y que parecía inminente que la ciudad cayera en manos franquistas.

—No puedo hacer eso.

—Su amiga está en peligro. No sé por cuánto tiempo más la retendrán, pero esos rojos son imprevisibles y saben que están perdiendo la guerra.

El alemán se relamía al saborear mi derrota. No podía permitir que mi amiga muriera.

—Mi marido no trae ese tipo de papeles a casa.

—Ya lo sé, por eso tendrá que ir a Presidencia con alguna excusa y conseguir fotografiarlos.

Meyer me entregó con discreción la dirección de un piso en Carabanchel.

—Tiene una semana, ni un día más —añadió.

Me quedé petrifica delante de la puerta de la escuela. No estaba segura de si al cabo de una semana no estaría dando a luz a mi bebé, pero debía intentar salvar a mi amiga. Cada vez me hallaba más convencida de que la República perdería la guerra. Lo más terrible era que en Europa la situación empeoraba con la política agresiva de un dictador alemán que había llegado al poder con promesas de paz y de devolver a Alemania su antigua gloria, aun a sabiendas de que ambas eran incompatibles.

26

Madrid, 10 de febrero 1937

Me encontraba ante la tesitura de traicionar a mi esposo y al Gobierno del que formaba parte o salvar la vida de mi amiga. Meyer sabía que aquel era mi punto flaco. Había entrado en la última semana del embarazo, apenas podía moverme con soltura, no dormía y como madre primeriza que era me sentía aterrorizada.

Aquella noche no pegué ojo, sabía que debía tomar una decisión. Necesitaría una excusa para entrar en el cuartel general del Gobierno y apoderarme de la información que podía terminar con la ocupación de Madrid, una ciudad que amaba, y la definitiva victoria franquista.

Era consciente de lo que sucedería si Francisco Franco llegaba al poder. Ya había escuchado lo que el ejército nacional solía hacer al ocupar una ciudad: juicios sumarísimos, fusilamientos masivos e incluso violaciones de mujeres.

Despuntaba el día cuando comprendí que tenía otra opción.

No había acudido al Hotel Palace desde la última vez que me cité allí con Alan Hillgarth. Tenía la esperanza de que él me pudiera ayudar.

En cuanto llegué al hotel pregunté por él en la recepción. El empleado me miró con cierta desconfianza, pero me indicó que le esperase sentada en una butaca. Debido a mi estado, tampoco hubiera podido hacerlo de otra manera.

Quince minutos después apareció Alan, me tomó del brazo y me llevó a una sala privada.

—Pensé que nunca se decidiría, pero veo que ha cambiado de opinión.

Le conté brevemente lo que me había sucedido. No parecía sorprendido. Se limitó a comentarme que era justo lo que estaban esperando.

—Ahora que Meyer confía en usted tenemos una oportunidad para engañar a los nazis. La guerra la están perdiendo los republicanos. Su ejército improvisado puede resistir como mucho el envite de los nacionales, pero no tomar la iniciativa. Si la guerra se prolonga y llega el conflicto europeo, entonces sí que tendrán una oportunidad.

—¿Cree que estamos tan mal?

—Francia y Gran Bretaña son conscientes de que sus opiniones públicas no quieren la guerra y en Estados Unidos ven a la vieja Europa como incorregible, pero Hitler seguirá presionando hasta que el conflicto armado sea inevitable. Es cuestión de tiempo. Por eso el Führer ha pedido a Franco que termine la guerra cuanto antes, no quiere tener que ocuparse también de España. El general, sin embargo, ha optado por una guerra de exterminio porque cree que la única manera de ganar es aniquilar al adversario. Piensa que, de otro modo, en quince o veinte años el país se hallará en la misma tesitura.

—Eso es terrible.

—Le pasaremos mañana un informe falso, pero Meyer se lo tragará. Él le facilitará el lugar donde retienen a su amiga y yo mismo la ayudaré a sacarla de allí.

—No sé cómo agradecérselo.

El inglés sonrió y, tras darme la mano, me dijo:

—Venda muchas de mis novelas.

Cuando salí del hotel me sentía más calmada. No tendría que traicionar a mi esposo ni la causa en la que creía, aunque la República estaba tomando unos derroteros con los que no estaba de acuerdo ni mi marido. Mientras me dirigía a casa no podía dejar de pensar en mi amiga. María no merecía morir en una cárcel secreta, era la persona más buena que había conocido jamás y no dudaría en hacer lo que fuera por ponerla a salvo.

27

Madrid, 11 de febrero 1937

Alan me hizo llegar el informe. Era tan detallado que, si no me hubiera contado que se lo habían inventado, hubiera pensado que estaba recién copiado del alto mando republicano. Me comuniqué con Meyer y me dirigí al piso de Carabanchel.

Aquel día comencé a sentir dolores. Temía ponerme de parto en cualquier momento y no lograr salvar a mi amiga.

Llamé a la puerta y esperé, hecha un saco de nervios. Abrió el propio agente. En el piso había otras dos personas, una mujer y un hombre a los que no había visto nunca.

—Dejadnos a solas —les ordenó en alemán.

Le entregué el informe y le pedí la dirección del lugar donde mantenían retenida a María.

—No tenga tanta prisa.

—Como verá —dije señalando mi barriga—, no me queda mucho tiempo.

El alemán no hizo mucho caso y comenzó a examinar el documento.

—¿Dónde lo encontró?

—He tenido suerte: organizamos una cena en casa y vinieron algunos de los altos cargos del Gobierno. Dejaron sus maletines en la entrada y, mientras tomaban una copa, antes de servir la cena, encontré el informe. Lo fotografié y le pedí a un amigo que me mandara las fotos.

—Increíble, ha conseguido en unos días lo que nosotros hemos intentado durante semanas.

El hombre me dio una tarjeta firmada.

—Cuando los nuestros entren en la ciudad, entregue esto a un oficial y no le pasará nada.

La tomé con impaciencia, pero lo que en realidad quería era la dirección.

—Aquí tiene la dirección. Es la checa de Buenavista. La dirige un cerdo llamado Luis Omaña. Tanto él como sus hombres abusan de las prisioneras y de las familias de los retenidos.

Me horrorizó pensar todo lo que habría sufrido mi amiga. Me guardé el papel y, antes de que abandonara el piso, añadió:

—La necesitaremos para otros trabajos. Cuando haya dado a luz, claro.

Salí del edificio y tomé un taxi, que me llevó al Hotel Palace. Para comprobar que nadie me había seguido, me bajé enfrente del Museo del Prado.

Unos enormes sacos cubrían ahora los monumentos de aquella hermosa ciudad, muchos edificios habían sido destruidos por las bombas y el suelo estaba repleto de socavones y trincheras excavadas.

Subí hasta el hotel y pedí que llamaran a Alan. En cuanto le enseñé la dirección se quedó sorprendido.

—Es una comisaría, Dios mío. La dirige un conocido socialista. ¿Cómo es que su marido no la pudo encontrar?

—No debe estar registrada oficialmente. ¿Cómo vamos a sacarla de allí?

—No se preocupe, tengo mis contactos. Vaya a casa y descanse, lo que importa ahora es que cuide del bebé.

Seguí el consejo del agente británico, porque el dolor aumentaba cada vez más. Cuando llegué a casa ya notaba las primeras contracciones. Logré llamar a Juan y una hora más tarde estaba dando a luz a mi hijo Jaime. A pesar de todas las privaciones y del desgaste de las últimas semanas, el niño nació muy sano. Después de dos días en el hospital, regresé a casa. Parecía que el mundo se había detenido de repente: lo único que me importaba era el bienestar de mi hijo; el resto dejó de tener sentido para mí. Había obrado el mayor milagro del que es capaz una mujer: engendrar una nueva vida. Nada podría separarnos mientras conservara algo de aliento.

28

Madrid, 17 de mayo de 1937

La maternidad no resultó el camino de rosas que yo esperaba. No tenía una madre que me ayudara a resolver las dudas, mis suegros se habían quedado a vivir en Valencia y mi única amiga, tras su rescate de la checa, había quedado emocionalmente destrozada. Los Fliedner estuvieron cuidando de ella y, cuando la vieron algo restablecida, la mandaron a Alemania. Necesitaba tomar distancia de todo lo que le había sucedido.

Como madre, me frustraba que apenas produjera leche materna. Mi hijo pasaba varias horas mamando, pero no era suficiente para saciarlo y lloraba mucho. La enfermera del colegio El Porvenir me recomendó que buscara a una nodriza que me ayudara a amamantarlo. No era una idea que me gustase mucho, porque creía que en la lactancia se suscitaba una unión especial con el bebé.

Mi frustración como madre primeriza al menos tuvo algo positivo: busqué la forma de abrir de nuevo la librería. El momento político era muy tenso. Largo Caballero había dimitido por las presiones del partido comunista, con el que mantenía una larga disputa por el dominio de las relaciones con la Unión Soviética. El presidente del Gobierno había enviado a Moscú tres cuartas partes de las reservas de oro del país para que la Unión Soviética proporcionara a cambio más armamento a la República. La decisión fue criticada por muchos republicanos dentro y fuera de su partido, pero aquel no fue su principal error. La lucha entre facciones, en especial en Cataluña, no había dejado de crecer. El combate entre los comunistas y los anarquistas aumentó la inquietud entre los republicanos. La caída de Málaga en manos franquistas determinó al fin la salida del dirigente socialista.

Juan no era muy amigo de Largo Caballero, por lo que aquella noche, cuando nos invitaron a cenar con Juan Negrín, fui consciente de que mi esposo estaba a punto de ocupar un cargo destacado en el nuevo Gobierno. Era uno de los pupilos de Indalecio Prieto, siempre en el ala más moderada del partido, y al final recibía los frutos de su mesura.

Juan Negrín era un canario alegre y un gran conversador. No era ni sindicalista ni político de carrera: había dedicado la mayor parte de su vida a la investigación médica y a su cátedra. Uno de los hombres más cultos del Partido Socialista, que hablaba varios idiomas. Negrín venía de una familia muy conservadora y religiosa, había estudiado en varias universidades europeas y dominaba el alemán. Su esposa, María, pertenecía a una próspera familia judía y era pianista profesional. La pérdida de dos hijos, según me había contado Juan, les había distanciado, aunque guardaban las apariencias.

Indalecio Prieto fue su mentor en política y el que lo introdujo en el Partido Socialista. Sabía que el PSOE adolecía de intelectuales y que el peso lo tenían los dirigentes de la UGT, mucho más revolucionarios. Por eso el canario era una *rara avis* en el partido.

Negrín reorganizó el Cuerpo de Carabineros y siempre estaba en el frente animando a las tropas. Largo Caballero lo nombró ministro de Hacienda, aunque no podían ser más distintos. El jefe de Gobierno era un obrero y Negrín, un burgués; el primero quería una revolución estalinista y el otro admiraba la política francesa. Con el cambio de Gobierno, Azaña quería presentar ante las democracias occidentales, que se habían alejado de la República, un ejecutivo más moderado, al menos en su presidencia, ya que había tres ministros comunistas que actuaban en nombre de la Unión Soviética.

Algunos creían que Negrín intentaría llegar a un acuerdo con los franquistas para firmar una paz negociada.

—La paz solo es posible si Franco acepta unos mínimos. Si damos marcha atrás en todos los avances conseguidos por la República, el derramamiento de tanta sangre habrá sido en vano —comentó Indalecio, que estaba sentado junto a Negrín.

Los españoles eran más machistas que los alemanes y no era muy común que hablasen de política mientras las mujeres estuviéramos presentes, pero ya no solían conversar sobre otra cosa.

—Los alzados únicamente aceptarán una rendición incondicional —comentó Juan, que sabía de la catadura moral de muchos de los generales. Algunos de ellos fueron republicanos hasta el último momento, pero vendieron sus ideales para no ser marginados en el ejército, como sucedió con Queipo de Llano.

Aquella era la primera vez que dejaba solo al niño con la cuidadora. No quería regresar muy tarde, pero la velada se prolongaba.

—Lo más importante es que las democracias nos apoyen, no podemos fiarnos de los rusos —comentó Indalecio, que conocía los intereses espurios de los comunistas y cómo se las gastaban.

—¿Qué piensa Bárbara? No sé cómo ve este conflicto alguien que viene de fuera.

Se hizo un silencio incómodo ante la pregunta de Negrín, que era sin duda el menos machista junto con mi marido.

—Llevo poco tiempo en España, algo más de cuatro años, y una parte de ellos en guerra. La sociedad española me parecía feliz a pesar de los problemas, las cosas cambiaban poco a poco, pero varios partidos extremistas y algunos políticos la han llevado al borde del abismo.

—Entonces ¿cree que la culpa es de los políticos?

—La mayor parte de la gente quiere pan y paz, el resto le da igual. Las ideologías siembran el odio y la rencilla. Mi padre dedicó toda su vida a la política en Alemania. Era socialdemócrata, como ya saben, pero se dio cuenta de que los extremistas aprovecharon la crisis para inocular el miedo en la gente. Creo que fue uno de sus filósofos el que habló de este tema en un libro. Ortega y Gasset, en *La rebelión de las masas*. Decía que el bolchevismo y el fascismo eran revoluciones estériles, que no traerían nada nuevo ni bueno. Creo que no se equivocaba. En el fondo son religiones modernas.

Todos me miraron, Indalecio con el ceño fruncido.

—Por eso Hitler está a punto de dominar Europa. Ese cabo austriaco ha llegado muy lejos —dijo Indalecio.

—Bueno, las masas se mueven ahora por la propaganda. La República hizo un gran esfuerzo para educar a la gente y creo que eso no gustó a las élites. Los campesinos educados son peligrosos y mucho menos manipulables, y lo mismo digo de los obreros y los proletarios en general. Lo que yo no entiendo es que los comunistas tampoco los quieran educar, al menos no tanto como para que piensen por ellos mismos.

Negrín me sonrió, parecía de acuerdo con mi opinión.

—A todo lo que dice yo añadiría un matiz. Pienso que la mayoría de la gente es muy influenciable, manipulable, podemos decir. A veces la partida está no tanto en quién gobierna mejor sino en quién manipula mejor; ya lo dijo Maquiavelo. Gente como yo se halla en desventaja frente a individuos como Franco, Hitler, Mussolini o Stalin. Yo quiero convencer y no manipular.

Miré con cierta pena a Negrín. Tal vez si le hubieran nombrado presidente del Gobierno en julio de 1936 las cosas hubieran sido distintas, pero ahora ya era muy difícil encontrar una solución pactada a la guerra.

Al regresar a casa, Juan me pasó el brazo por detrás de la espalda. Hacía mucho tiempo que no parecía tan relajado.

—Se me había olvidado por qué me casé contigo, esta maldita guerra nos ha distanciado. En ocasiones me parece que llevamos toda la vida juntos, pero apenas podemos dedicarnos unas pocas horas al día. Al niño lo veo solo por la noche. Creo que en el fondo me parezco demasiado a tu padre.

Sabía que tenía razón, pero en aquel momento no quise cargar más peso sobre sus hombros.

—A los seres humanos las circunstancias nos ponen a prueba tantas veces que se nos olvida lo que sabe un sencillo pescador. Los problemas son como el agua que rodea una barca: no son un problema mientras la barca flota, pero si dejamos que el agua se meta dentro la hundirá. No permitas que los problemas terminen ahogándote, siempre me tendrás a mí. Nunca te juzgaré, jamás te reprocharé nada. El amor no es solo un sentimiento, pero tampoco una simple emoción y he decidido amarte con toda mi alma.

Aquella noche fue mágica. Hicimos el amor, sentimos que nuestras mentes y cuerpos se volvían a unir de nuevo, que nada ni nadie podría arrebatarnos eso, pero que nosotros podíamos llegar a perderlo en cualquier momento si se nos olvidaba quién era el otro y por qué habíamos decidido pasar toda la vida juntos.

29

Madrid, 27 de marzo de 1938

El ser humano no puede soportar la verdad en exceso, por eso a veces nos mentimos a nosotros mismos o aceptamos las mentiras de los otros. Unos pocos quieren saber la verdad, y se les llama filósofos o místicos, pero enseguida son apartados, rechazados por la mayoría que no quiere hacerse preguntas y, sobre todo, no desea conocer las respuestas. A muchos escritores, a los hombres visionarios de verdad, se les ha calificado a lo largo de la historia de lunáticos, aunque fueran los únicos que eran verdaderamente cuerdos. Algunos nos habían advertido de la ola de odio y violencia que estaba a punto de arrasar el mundo y que había comenzado en lugares como Rusia y ahora España.

La mayoría de la gente no quería reconocer que la

guerra estaba perdida y se aferraba a la idea de que los ideales son más poderosos que las armas, pero la realidad siempre termina por imponerse.

El bando republicano había sido derrotado en el frente de Aragón y la caída de Cataluña en unos meses podía ser inevitable. Madrid cada vez se encontraba más aislado. Indalecio Prieto intentó convencer a Azaña y al mismo Negrín de que lo mejor era evitar un mayor baño de sangre, pero nadie le hizo caso. Le quitaron la cartera de Defensa y el presidente del Gobierno asumió su control.

A pesar de los vaivenes de la política, nuestra vida no había cambiado demasiado. Los espías alemanes no me habían vuelto a molestar y Alan entró un día en la librería, pero lo único que me pidió fue que, si tenía alguna información que permitiera que su país ayudara al final del conflicto, se lo hiciera saber de inmediato. La política internacional estaba muy tensa y los aliados se veían abocados a una guerra contra Alemania y sus aliados.

Las ventas en la librería eran muy escasas, pero al menos me mantenía entretenida. Luis venía todas las tardes. Ya no escribía novelas. Las existencias de papel se habían casi agotado y el poco que quedaba se usaba para la propaganda.

—Algunos de mis amigos han sido detenidos y otros asesinados a sangre fría por la simple razón de llevar una corbata o tener pinta de señoritos. ¿No te parece terrible? Madrid se ha convertido en una patética representación de la Unión Soviética. Digo patética porque aquí no ha habido revolución real: mientras los jóvenes idealistas mueren en el frente, en la retaguardia los cobardes y los asesinos no hacen otra cosa que matar o amenazar a gente inocente.

Sabía que todo lo que comentaba mi amigo era cierto, pero hacía que me sintiera responsable. Al fin y al cabo, Juan formaba parte del Gobierno.

—Esto no va a acabar bien. Me temo que todo va a saltar por los aires y mucha más gente inocente morirá.

—Si comienza la guerra en Europa tendremos una esperanza —solté sin darme cuenta de que estaba repitiendo las mismas tonterías que el resto.

Luis frunció los labios.

—España está destrozada, ¿piensas que serían buenos para el país otros dos o tres años más destruyéndonos?

En ese momento escuchamos las campanillas de la puerta y nos giramos expectantes. Entró una mujer morena muy guapa que vestía de forma elegante y llevaba un bolso a juego. Era poco común ver a gente de aquella guisa en los tiempos que corrían.

—Buenas tardes, ¿puedo ayudarla en algo? —le pregunté mientras me acercaba.

La mujer me sonrió, pero noté algo en su mirada que hizo que un escalofrío me recorriera la espalda.

—¿Tiene algo de Agustín de Foxá?

Fruncí el ceño, extrañada. Aquel era un conocido

escritor falangista. Conocía la publicación en el bando franquista de una novela titulada *Madrid, de Corte a checa*, en la que el protagonista describía su vida desde la proclamación de la República hasta su huida de la capital para refugiarse en Salamanca.

—No tenemos nada de él, es un escritor vedado en la República.

—No lo sabía —me dijo sonriendo.

Me fijé en sus ojos, el resto de la cara había cambiado mucho con el maquillaje y el peinado.

—¿Nos conocemos? —le pregunté de la manera más inocente.

La mujer se giró e hizo un gesto que no logré ver. Enseguida entraron varios milicianos que comenzaron a revolverlo todo y a tirar los libros al suelo.

—Sí que nos conocemos. Una vez me engañaste, pero he conseguido encontrarte. Ya has dado a luz, por lo que veo.

Comencé a temblar. Era la miliciana que me interrogó tras el asalto al restaurante Edelweiss.

—No sé qué quiere de mí.

—Sabemos que eres una espía de los nazis. Por ahora te protege el cargo de tu marido, pero eso no durará mucho, se está dando un escarmiento a todos los traidores. Quiero que sepas que te estamos vigilando, que sientas nuestro aliento en la nuca.

Los milicianos tomaron dos docenas de libros, los sacaron a la calle y los prendieron. Luis y yo nos quedamos paralizados de miedo. La hoguera enseguida alumbró todo el escaparate. Aquella escena me recordó a Alemania. Durante todo este tiempo me había autoengañado para no reconocer que nunca estuve a salvo, que la violencia no la detiene una frontera, que se encuentra en todas partes y nada puede pararla.

30

Madrid, 16 de agosto de 1938

La última esperanza de la República parecía deshacerse como un terrón de azúcar. La batalla del Ebro se convirtió en una guerra de desgaste, en la que el Gobierno republicano era el que tenía más que perder. La ofensiva en julio había comenzado bien, hasta el presidente Azaña estaba convencido de que la suerte podía cambiar de bando, pero la contraofensiva franquista estaba de nuevo terminando con nuestras esperanzas. Se produciría otra crisis de Gobierno y mi marido sería uno de los afectados. Había logrado mantener su puesto a pesar de los problemas y algunos valoraron que se hubiera quedado en Madrid en los momentos más duros. Sin embargo, el Gobierno nunca regresó a la capital y las milicias fueron ganando más poder.

En Madrid se esperaba un baño de sangre. Nosotros manteníamos la librería abierta a pesar de las amenazas, pero ahora que Juan ya no formaba parte del Gobierno nos temíamos lo peor.

Mi marido siempre me decía que era irónico que el ejército republicano hubiera sufrido una derrota tan terrible justo cuando había alcanzado las mayores cotas de organización. El Gobierno había destinado casi todos sus recursos a la batalla del Ebro. Querían impedir que la zona republicana se dividiera en dos, ya que eran conscientes de que, cuando esto sucediera, el final de la guerra no estaría lejos. El ejército rojo logró mantener sus posiciones, pero las pérdidas en recursos militares y humanos fueron altísimas.

Lo único bueno de la destitución de Juan era que ahora estábamos todo el día juntos. Su trabajo primero y la guerra después nos habían convertido casi en dos extraños. Ahora podíamos comer juntos, sacar a pasear al niño o quedarnos hablando en la cama, soñando con el fin de la guerra y el regreso a una vida más tranquila.

La amenaza de la miliciana me había obligado a moverme con más cautela. Por las mañanas Juan me acompañaba para abrir la tienda y después atendía a nuestro hijo. Me recogía al mediodía, y por la tarde solía estar Luis.

Aquel día hacíamos inventario juntos. Cada vez lo veía más delgado.

—¿Estás comiendo bien? —le pregunté a Luis, algo preocupada. En sus brazos remangados se marcaban las venas y su rostro parecía el de un cadáver.

—Estoy comiendo de lujo: ternera todos los días, lubina, merluza y bacalao.

—Estoy hablando en serio.

—Madrid se muere de hambre, princesa, vuestra familia es una privilegiada. Ya no recuerdo ni el sabor de un huevo frito o de una patata cocida… Me comería hasta un plato de acelgas, y eso que siempre las he odiado.

La capital apenas recibía alimentos. La zona agrícola estaba dominada casi en su totalidad por las tropas rebeldes, no había mozos para las cosechas y la sequía parecía terminar con las últimas esperanzas de un pueblo famélico.

—Puedo darte un par de huevos y algo de arroz.

—Si te digo la verdad, a veces me paso por el Café Gijón. Ahora lo llevan los obreros. Su comida es horrible, pero puedo pagarla. A mi edad es más conveniente ayunar que darte atracones.

Temía que Luis contrajera alguna de las enfermedades que asolaban la ciudad. La debilidad de la población había convertido a la mayoría en presa fácil de plagas y pestes.

—No nos quedan casi libros, llevamos más de un año sin importar ninguno. Afortunadamente la gente está tan desesperada por entretenerse que nos lo han comprado casi todo —comentó mi amigo.

—¿Crees que quedará algo que merezca la pena en el Palacio de la Novela?

Luis se encogió de hombros.

—Los obreros que llevan ahora la editorial han destruido una parte de los fondos para aprovechar el papel y publicar a sus novelistas comunistas y sus panfletos, aunque podríamos ir y ver qué les queda —contestó.

No había regresado allí en mucho tiempo, pero estaba deseosa de sumergirme de nuevo en aquel paraíso o infierno de los libros, según como se quisiera interpretar.

Ya casi no circulaban taxis por la capital y la gasolina estaba racionada, por lo que tomamos el metro y más tarde un tranvía. Las estaciones se habían convertido, desde hacía tiempo, en mucho más que refugios antiaéreos: allí vivía la gente que ya no tenía casa. Tuvimos que sortear colchones y todo tipo de enseres antes de llegar al borde del andén. El metro, ruidoso y con aquel olor particular a chamusquina, llegó puntual. Los trenes estropeados no se arreglaban por la falta de piezas, por lo que los vagones circulaban siempre llenos.

Tras salir a la superficie al otro lado del río, un tranvía nos acercó hasta el Palacio de la Novela. El entorno había cambiado mucho desde la última vez que visité la zona: edificios derrumbados, escombros, calles sucias y maleza que crecía por todos lados. La fachada del Palacio de la Novela también había sufrido los estragos de la guerra. Los obreros habían arrancado los barrotes de los balcones y todos los adornos del exterior; el cartel también había desaparecido. Llamamos a la puerta, pero no nos abrió nadie. Luis empujó la pesada hoja y esta cedió sin esfuerzo. Nos miramos entre nerviosos y excitados, como si fuéramos dos niños que entraban en un cuarto prohibido.

Luis había traído una linterna en su mochila. Conocía el edificio de memoria, pero se producían muchos cortes de electricidad, que a veces duraban todo el día.

—¡¿Hay alguien?!

El edificio parecía abandonado. Mucha gente ya no trabajaba, como si estuviéramos viviendo el fin del mundo. En muchos sentidos, eso era precisamente lo que estábamos experimentando.

—Vamos al sótano, allí se encuentran la mayoría de los fondos.

Bajamos por las escaleras. Varias salas habían quedado anegadas por el agua. Las tuberías y el alcantarillado reventaban por la falta de mantenimiento. Estábamos regresando casi a un estado primitivo anterior a la civilización.

Dos de las grandes salas se encontraban en perfecto estado, pero, en comparación con la primera vez que visité el Palacio de la Novela, parecían desangeladas y vacías.

Ojeamos varios volúmenes. Eran clásicos españoles del siglo xix. Luis los metió en una especie de carrito. En la siguiente sala había textos grecolatinos, de los que tomamos unos pocos ejemplares, y novelas policiacas. Luis vio algunos de sus libros y se emocionó. No he conocido a un solo escritor que no fuera feliz al encontrar su obra en alguna librería.

Subimos a la otra planta y nos hicimos con más libros, algunos incluso en francés, pero en la segunda contemplamos la desolación de las mesas abandonadas.

—Siempre me pareció que este edificio era como una galera en la que a los escritores se nos obligaba a remar, pero me entristece verla así.

Puse una mano en el hombro de mi amigo para consolarlo.

—Vendrán tiempos mejores.

—Ya, querida, pero no creo que este viejo los vea. La guerra me ha quitado vida y salud, no sé si llegaré a conocer la paz. Por otro lado, no estoy muy convencido de que quiera sobrevivir. Me imagino la España que intentarán imponer esos beatos hipócritas y como retrocederemos de nuevo cien años, incluso a la época de la Inquisición.

—Si llega antes la guerra en Europa tal vez se salve la República.

Luis me miró escéptico.

Entramos en el despacho del editor, que había sido saqueado. Mi amigo se acercó a la vitrina en la que guardaba los libros más valiosos, pero estaba vacía.

—Tenía la esperanza de rescatar los tesoros del jefe. Siempre he amado los libros peligrosos y prohibidos.

—Pues parece que no eras el único.

En ese momento Luis se tocó la cabeza, como si hiciera memoria.

—Espera, puede que aún estén aquí. Yo era uno de los escritores de más confianza del jefe... No me preguntes la razón, la desconozco, pero en varias ocasiones vi que movía la vitrina y...

Luis empujó el mueble con mi ayuda y apareció una puerta secreta.

—¡Eureka! —exclamó emocionado. Logramos abrirla y nos sorprendió encontrar una sala repleta de libros, muchos de ellos muy valiosos, pero Luis únicamente tenía ojos para los que se almacenaban en unos estantes adornados con latón.

—¡Están aquí!

Los ojeamos, ¡muchos de ellos eran ediciones únicas! Luis tomó uno de los volúmenes que el antiguo editor me enseñó, un libro mistérico y peligroso.

—El *Martillo de las brujas* —dijo mientras acariciaba el lomo.

—¿De verdad es el libro que prefieres?

—Es una obra única que causó una conmoción en toda Europa. Imagínate, hay libros que se escriben para mejorar el mundo y terminan arrasándolo.

—¿Como *El capital* de Karl Marx?

Guardamos algunos ejemplares más en el carrito.

Cuando estábamos cerrando la puerta secreta, escuchamos un ruido en la planta baja.

—¿Estás seguro de que han entrado en este edificio? —preguntó una voz de mujer que me era muy conocida.

Miré a Luis y él pudo ver el miedo reflejado en mis ojos.

—¿Qué vamos a hacer? —le dije en un susurro.

—Hay unas escaleras de emergencia.

Salimos del despacho, abrimos una puerta de metal y fuimos a parar a unas escaleras metálicas que daban a la puerta trasera del edificio. Bajamos intentando no hacer ruido, pero antes de llegar a pie de calle escuchamos voces sobre nuestras cabezas.

—¡Quietos!

Corrimos por la calle desierta, vimos un tranvía parado y aceleramos para alcanzarlo antes de que se pusiera en marcha. La miliciana y dos de sus hombres nos perseguían, pero el tranvía comenzó a moverse calle abajo y escapamos por los pelos.

—Vamos a dejar esto en la librería —dijo Luis. Mi amigo debió ver mi cara de susto, porque me entregó el libro secreto y me pidió que se lo guardase—. Yo llevaré el resto a la tienda. Vete a casa.

Nuestros caminos se separaron. Tomé el metro y media hora más tarde me encontraba en la seguridad de mi hogar. Juan estaba dando el baño al niño. Les preparé la cena y, mientras comíamos, me preguntó cómo me encontraba.

—Bien, ¿puedes acostar a Jaime? Quiero leer una cosa.

Aproveché el rato en que mi marido acostaba al niño para meterme en el despacho, donde guardaba mis tesoros, aquella buena biblioteca que había logrado reunir a lo largo de los años. Abrí las páginas del *Martillo de las brujas* y comencé a leer.

31

Siempre se ha infravalorado el poder de los libros, tal vez porque los potentados no tienen tiempo para leer, demasiado ocupados en amasar sus fortunas y manejar los hilos de la política. En cambio, un libro es capaz de alterar el curso del mundo y el devenir de los acontecimientos. Seguramente eso es lo que más me fascinaba del *Malleus Maleficarum* o *Martillo de las brujas*. El libro fue publicado a finales del siglo xv, cuando la imprenta estaba comenzando a cambiar la sociedad. Hasta ese momento, los libros fueron objetos de lujo que poseía una minoría.

Cuando apareció el *Martillo de las brujas*, en 1487, la mayoría de los teólogos lo desaconsejaron por proponer técnicas de persecución ilegales y poco éticas. Sus autores, dos monjes dominicos llamados Heinrich Kramer y Jacob Sprenger, eran meros ejecutores de las órdenes del papa Inocencio VIII.

La lectura del libro me fascinó, no tanto por el estilo recargado y los comentarios repetitivos como por su temática. Comenzaba intentando probar la existencia de la brujería y la hechicería. Mi padre me había hablado de muchas de las prácticas esotéricas de los nazis, en relación con la teosofía y con las leyendas arias que inspiraron algunas de sus políticas. El espiritismo que estuvo tan de moda en el siglo anterior mostraba un lado oscuro que pocas veces se desvelaba. En la segunda parte, se describían las formas de la brujería y, en particular, de los pactos con el diablo, además de algunos detalles sobre los hechizos, los sacrificios y las cópulas con el demonio. La última parte trataba de cómo detectar y detener a las brujas, además de enjuiciarlas y ejecutarlas.

Al terminarlo, estuve meditando sobre lo que había leído y las similitudes que encontraba con el mundo que me rodeaba.

El mal se protegía a sí mismo y tendía a prolongarse en el tiempo, aunque mutara en el fondo y en la forma. Los inquisidores siempre habían existido, de una ideología u otra. Los verdugos disfrutaban con la tortura y la violencia, aunque supuestamente tan solo querían obtener información de sus víctimas. Lo que desconocía en aquel momento era que, poco tiempo después, yo misma sería víctima de esos inquisidores modernos.

32

Madrid, 24 de diciembre de 1938

El invierno es el peor enemigo de la felicidad. Al hambre, que ya nos torturaba de tal forma que no pensábamos en otra cosa a lo largo del día, ahora había que unirle un frío gélido. La gente hacía astillas de casi todo. Muebles, árboles de la calle, cajas de fruta, incluso de las puertas de las casas. Cualquier objeto que quemara era bueno para combatir aquel terrible invierno. Sabíamos que nuestros hermanos en Cataluña lo estaban pasando peor. Las tropas franquistas ya habían tomado gran parte del territorio y estaban a punto de dar el asalto último a la ciudad. No sabíamos cómo todavía resistía Madrid. Mucha gente intentaba huir hacia Valencia. Los rumores de que el fin de la guerra se acercaba y de que la represión de los nacionales sería despiadada animaban a muchas personas a intentar tomar un barco con destino a África, Italia, Portugal o América. Las naves zarpaban atestadas de gente y algunas eran capturadas por los franquistas, pero cualquier forma de escapar parecía mejor que quedarse parado y esperar a que te atrapasen como a un conejo.

—¡Tenemos que marcharnos! —dije desesperada a Juan. Tenía la sensación de que quería ser el último en rendirse.

—He pedido que nos proporcionen algún transporte, pero me han dicho que hasta después de Navidad es imposible.

—Podemos salir caminando, al menos nos alejaremos de todo este horror.

—Los caminos están atestados de gente y no se puede comprar comida en el trayecto. Tenemos un niño pequeño.

Sabía que tenía razón, pero prefería no quedarme para saber qué le iban a hacer a Juan. Por eso me marché de Alemania antes de que fuera demasiado tarde. Y ahora me encontraba atrapada en España.

—Voy a El Porvenir. No sé qué van a hacer en el colegio, pero si tienen algún transporte nos iremos con ellos.

La tarde era muy fría y tuve que caminar hasta allí. El transporte público ya no funcionaba y apenas se veían coches por las calles. Una hora más tarde, llegué al colegio. Estaba helada. El conserje me abrió enseguida y me dijo que me calentase en la capilla, la única sala que tenía la estufa encendida. Aún les quedaba algo de leña de la poda de los árboles. En una hora los niños celebrarían la fiesta de Navidad.

Me acerqué tanto a la estufa que temí que se me quedaran pegadas las manos. Me dolían y tardé un buen rato en recuperar las fuerzas.

—Ha venido, pensé que no saldría en un día tan frío.

Teodoro hijo me sonrió y se sentó en el banco, a mi lado.

—Van a ser las navidades más difíciles desde que estamos en guerra. Apenas hemos encontrado nada para dar a los niños.

—Lo lamento mucho.

—Las enfermeras suizas lograron traernos un poco de chocolate —dijo mientras me daba unas onzas. Me comí dos con avidez y las otras las guardé para Juan.

—¿Qué piensan hacer? ¿Se quedarán aquí cuando entre Franco con sus tropas?

El hombre miró al techo y después señaló la sala.

—Mi abuelo construyó todo esto. Y no lo hizo por la familia, en Alemania hubiéramos tenido una mejor vida. Llevaba España en el corazón, y a ella se dedicó en cuerpo y alma. ¿Sabe que estudió el bachillerato y una carrera universitaria en España? Quería entender este pueblo. Nosotros nos hemos criado aquí, hemos heredado su amor por los españoles. ¿Adónde vamos a ir? Alemania está al borde de la guerra, ese fanático está destruyendo todo lo bello y hermoso que tenía nuestra nación.

Dio un largo suspiro.

—Yo me siento igual, pero para los franquistas somos luteranos, herejes como dicen ellos. He escuchado que han asesinado a varios pastores españoles y a algún misionero.

Teodoro se puso en pie y se acercó al piano. Acarició la tapa y miró por los ventanales.

—Nadie ha venido para quedarse eternamente en esta vida. Amo a mi familia, a los niños de las escuelas, a los ancianos que cuidamos, pero estoy dispuesto a aceptar la voluntad de Dios. Su poder se perfecciona en mi debilidad.

—Me gustaría tener su fe.

—La fe no es algo que se tiene, querida amiga, es algo que se practica. Es creer que lo imposible es posible y no perder la esperanza. ¿Se quedará a la reunión?

Afirmé con la cabeza.

Ayudé a algunas de las profesoras a terminar con la decoración. Cuando los niños entraron y se fueron sentando en las sillas, todos delgados, pálidos y con ojeras negras como si fueran ancianos, me dio un vuelco el corazón. Muchos de ellos eran huérfanos, otros se habían separado de sus padres para intentar tener un futuro mejor.

La prometida de Teodoro se sentó al piano. Todos nos pusimos en pie y comenzamos a cantar un himno de los más conocidos.

Castillo fuerte es nuestro Dios.
Defensa y buen escudo,
con su poder nos librará
en todo trance agudo.
Con furia y con afán
acósanos Satán,
por armas deja ver
astucia y gran poder;
cual él no hay en la tierra.
Nuestro valor es nada aquí,
con él todo es perdido;
mas con nosotros luchará,
de Dios, el escogido.
Es nuestro rey Jesús,
él que venció en la cruz,
señor y salvador,
y siendo él solo Dios,
él triunfa en la batalla.
Y si demonios mil están
prontos a devorarnos
no temeremos, porque Dios
sabrá cómo ampararnos.
¡Que muestre su vigor
Satán, y su furor!
Dañarnos no podrá,
pues condenado es ya
por la palabra santa.

Cuando terminamos el himno y resonó la última nota del piano, mis ojos estaban llenos de lágrimas pero mi corazón había recuperado su vigor. Lo iba a necesitar.

33

Teodoro logró que me acercaran a casa en coche. Si lo hubiera intentado por mí misma no sé si lo habría logrado. Echaba de menos a mi familia en Alemania; había formado una nueva, pero en mi corazón había quedado un hueco difícil de llenar. Pensaba en que sería posible convertir en bellas todas las cosas si fuera capaz de encontrarle un sentido a cada circunstancia. El himno de la capilla de El Porvenir me había infundido un aliento que no podía entender. Subí hasta mi casa por la escalera, también helada, pero me extrañó encontrarme con la puerta abierta. Entré y vi que todo estaba en completo desorden: la vajilla rota, la ropa desgarrada, los libros deshojados. Me dio un vuelco el corazón y me dirigí al cuarto de Jaime. No estaba, y tampoco Juan. Me dejé caer y comencé a llorar con desesperación. No sé cuánto tiempo pasé derrumbada en el frío suelo de madera, pero al final me puse en pie. Tenía que encontrarlos.

Cuando salía por la puerta escuché una voz en el rellano, la de mi vecina Aurora. La mujer se me acercó. Siempre se había mantenido distante, como si temiera relacionarse con nosotros.

—Se los han llevado, hija. Los de la checa. Llegaron hace un par de horas.

—¿Al niño también?

—Sí. Una mujer gritaba unas palabras impronunciables. Preguntaba por usted.

Arranqué a llorar de nuevo. La mujer me abrazó y tardé un buen rato en recuperar el resuello.

No sabía dónde ir ni qué hacer. La única persona en la que podía confiar en Madrid, además de Teodoro y su familia, era Luis, que apenas dormía y parecía un espectro por su delgadez. Lo llamé por teléfono y contestó enseguida.

—Voy para allá. No, mejor ven tú, esa gente puede regresar.

Luis no vivía muy lejos, a unos veinte minutos caminando, pero en cuanto salí del portal se me cortó la respiración por el frío. Las calles estaban solitarias. No me crucé con nadie, como si el mundo se hubiera vaciado de repente. Pensé si no estaría viviendo una pesadilla, pero para mi desgracia todo era demasiado real.

El sereno me abrió el portal de Luis. Subí las cinco plantas hasta su pequeña boardilla. Llamé y me abrió de inmediato. Hacía casi más frío dentro que fuera. Solo había ido una vez allí, y ahora comprendía que siempre estuviera enfermo.

—Cuánto siento todo esto. Este maldito país se ha vuelto loco.

Me senté en la única silla que tenía y él, al filo de la cama. No había electricidad y la única iluminación eran dos velas.

—¿Qué voy a hacer?

El hombre me miró angustiado, no sabía qué responderme.

—Esta gente no respeta ni la noche de Navidad, son unos malditos paganos. No podemos hacer nada ahora. Si nos pasamos caminando toda la noche moriremos congelados. ¿Quién podría ayudarnos?

—Indalecio Prieto está en México. Desde que le destituyeron ha estado viajando por varios países de América como embajador. Juan Negrín está en Figueras, y el resto odia a mi marido y lo consideran un moderado. La lucha en la ciudad entre las facciones no cesa. Los comunistas están acabando con los anarquistas, como sucedió en Barcelona, y el Gobierno de la República es casi simbólico.

La ciudad se había convertido en un caos. Juan se integró en el grupo del partido de la paz, el sector en el que estaban también Indalecio y Azaña, pero Negrín se apoyó en el ala radical del Partido Socialista y en los comunistas. Por otro lado, los nacionales no querían la paz, que se estuvo negociando con la mediación de los familiares de Serrano Suñer y la embajada británica, pero Franco exigía una rendición total. Los franceses ya mantenían conversaciones secretas para el reconocimiento del régimen franquista, y los británicos hacían lo mismo.

—¿Quién puede ayudarnos?

Luis insistía en la pregunta, pero no tenía respuesta. A mi familia únicamente podía salvarla un milagro.

—Hay un amigo comunista de Juan, creo que él sí que nos ayudará —recordé—. Se llama Manuel Azcárate. Su padre, Pablo Azcárate, era muy amigo de Indalecio.

Nos aferramos a aquella pequeña esperanza y al día siguiente, antes de que amaneciera, nos dirigimos al cuartel general de los comunistas.

Atravesamos una ciudad desolada. Los transeúntes caminaban con el rostro gacho y la ropa raída, la mayoría intentando conseguir un poco de comida con las cartillas de racionamiento. Llegamos al edificio ocupado por los comunistas. Dos milicianos nos pararon en la puerta. Les comentamos que queríamos ver a Manuel Azcárate, el dirigente de las juventudes comunistas. Al rato nos permitieron subir.

Manuel era muy joven. Solo habíamos coincidido una vez, en una de las reuniones del Gobierno de la ciudad, pero se acordaba de mí. Le conté lo sucedido y se quedó atónito.

—Imagino dónde han podido encerrar a Juan, pero lo del niño me preocupa más. Por la descripción parecen los de la famosa checa de Buenavista. Allí se ha juntado lo peor de cada casa. Tendremos que ir con una orden del coronel Segismundo Casado y con varios milicianos para que nos hagan caso.

Manuel hizo varias llamadas. Un par de horas más tarde había conseguido la orden. Formó un grupo de diez hombres de su confianza. Iban armados hasta los dientes, montados en un pequeño camión al que nosotros seguíamos de cerca.

—Será mejor que se queden fuera, puede ser peligroso —me advirtió Manuel.

—Lo siento, pero tengo que entrar —le contesté.

—Mujeres tan valientes como usted son las que necesita la República.

Aparcamos enfrente de la checa y los policías se pusieron nerviosos. Manuel entró con mucha autoridad y hasta llegar al sargento nadie le detuvo.

—No pueden entrar aquí armados —dijo el sargento.

—Traemos una orden.

Nos llevaron ante García Imperial, el segundo de Luis Omaña. Aquel tipo chulesco nos recibió con los pies sobre la mesa y fumando un puro. No dejaba de desnudarme con la mirada.

—Juan Delgado, sí, lo trajeron de madrugada por conspirar contra la República.

—¿Quién le acusa?

—Eso no se lo puedo revelar. También buscaban a su esposa, una espía alemana, Bárbara no sé qué. ¿No será usted, señora?

Intenté disimular mi temor, pero la mirada de aquel hombre te atravesaba el alma.

—Quiero que lo traiga de inmediato —amenazó Manuel.

—Yo no soy comunista, su partido no me interesa.

—El coronel ha dado la orden.

El policía se puso en pie.

—¿Sabe por dónde me paso yo la orden de su coronel? —dijo el hombre.

Los hombres de Manuel empuñaron sus armas y los policías, las suyas.

—Bueno, tengamos la fiesta en paz —contemporizó García Imperial.

En ese momento llegó Luis Omaña, un tipo tan deleznable como su subalterno, aunque mucho más listo. Sabía que si se cargaba al líder de las juventudes comunistas, estos vendrían a vengarse y arrasarían la comisaria. Durante años habían actuado con impunidad, robando y después asesinando a sus víctimas. Tenían planeado esfumarse antes de que llegaran las tropas de Franco. No iban a poner todo su plan en peligro por un político de segunda.

—Trae al prisionero —ordenó el comisario a uno de sus hombres.

—¿Quién le denunció? —preguntó Manuel.

—Ana Quiroga, la miliciana, ya la conoces. Es la que más quintacolumnistas ha cazado. Esos cerdos ahora se atreven a más. Tienen francotiradores por toda la ciudad y se han infiltrado entre los mandos del ejército y la milicia.

Sabía quién era aquella miliciana. Llevaba años intentando acusarme de espionaje. Ahora que la ciudad se descomponía había visto su oportunidad.

—¿Dónde está el niño? —le preguntó Manuel aprovechando el espíritu colaborador del comisario.

—Nosotros no detenemos a niños —contestó el hombre.

Juan llegó a los pocos minutos. Tenía la cara destrozada y llena de sangre, pero me alivió verlo con vida. Apenas se sostenía en pie y dos hombres le ayudaban a caminar. Justo cuando íbamos a marcharnos se me acercó el conserje y me dijo al oído:

—El niño se encuentra en la Cárcel de mujeres de Ventas, pero ahora las tienen en el asilo de San Rafael para poder encerrar a más hombres.

Salimos del edificio sin perder de vista a los guardias de asalto y a los milicianos. No descansamos hasta que estuvimos todos seguros en el coche.

—Lo siento cariño, no pude hacer nada para proteger a Jaime.

Juan se puso a llorar sobre mi hombro, destrozado por la pena y una noche entera de palizas y vejaciones. Le acaricié la cara maltratada y empecé a besarle las heridas, aunque en mi cabeza solo había una idea: encontrar a mi hijo cuanto antes.

34

Manuel llevó a Juan a un médico. Queríamos que lo examinaran bien. No sufría lesiones importantes, todas las heridas eran superficiales, pero parecía muy alicaído. Después le conté a Manuel lo que me había dicho el conserje de la checa.

—¿El hospicio de San Rafael? Era un antiguo orfanato y hospital católico. En el treinta y seis se llevó allí a las mujeres presas, la mayoría por razones políticas. Las cárceles se vaciaron de presos comunes al principio de la guerra.

—El niño esta allí.

—Si se lo ha llevado la miliciana, es posible. Su grupo busca y encarcela quintacolumnistas. Es famosa por su crueldad, pero sin duda es una trampa para que usted vaya y la apresen —dijo el joven comunista.

No me importaba, lo único que quería era recuperar a mi hijo.

—Tenemos que ser más astutos que ella. Mandaré a alguien para que indague y después...

—Puedo ir yo —interrumpió Luis.

Todos le miramos sorprendidos.

—No os acordáis de que fui policía. Conozco a algunos antiguos agentes; les asignaron misiones fáciles, como la de la cárcel de mujeres. Indagaré y después veremos cómo recuperamos a la criatura.

Me costó admitir que era mejor que fuera mi amigo. Si me capturaban a mí tendríamos dos problemas en lugar de uno. Aquella mujer parecía la reencarnación del mismísimo diablo.

Manuel le ofreció un coche para llegar al hospicio, que estaba en el norte, a las afueras de la ciudad. Yo pedí que me dejaran acompañarlo hasta la puerta, mientras el vehículo esperaba fuera.

Juan se quedó descansando. Necesitaba recuperarse un poco de la paliza.

Antes de cruzar el umbral del asilo, Luis me hizo un gesto con la mano. Tenía un mal presentimiento, pero intenté no pensar demasiado.

Una hora más tarde Luis no había regresado.

Manuel estaba sentado junto al chófer. Parecía tranquilo, pero jugueteaba todo el rato con un mechero.

—Tenemos que entrar —le comenté.

—No estoy seguro de que sea una buena idea.

—Me vestiré de enfermera o de lo que haga falta.

Manuel se giró y me observó unos instantes.

—Está bien —dijo mientras sacaba su arma y comprobaba que estaba cargada. Después me dio una pistola—. Tenga cuidado, el gatillo es muy sensible.

Bajamos del coche y nos dirigimos al edificio. Dos guardias nos cedieron el paso en cuanto Manuel enseñó sus credenciales. Nos recibió uno de los oficiales de la puerta.

—Un amigo nuestro entró aquí hace una hora, Luis Fernández-Vior —dijo Manuel.

El hombre miró el registro.

—Sí, le ha atendido el agente Vázquez. Lo haré llamar.

El policía pidió a uno de sus subalternos que fuera a por él. Se presentaron unos minutos más tarde.

—Vázquez, ¿ha visto al señor…?

—Luis Fernández-Vior.

—Sí, estuvo aquí hace una hora preguntando por un crío. Creía que lo había traído Ana Ortiz, la miliciana.

—¿Ya no está?

—No, señor, le comenté que la miliciana no había traído a ningún niño, pero que vive en una casa en la Gran Vía. Creo que se la requisó a un famoso actor que huyó al bando franquista.

Nos miramos sorprendidos.

—¿Hay otra salida?

—Sí, señora, en la parte trasera. Yo mismo le acompañé. Me encantan sus novelas policiacas.

Salimos a la carrera y tomamos de nuevo el coche.

La dirección estaba en plena plaza de Callao, cerca del Palacio de la Prensa. El conductor dejó el coche mal aparcado y corrimos hacia el edificio. El conserje nos indicó dónde vivía la miliciana. Era un ático enorme con vistas a la plaza. El ascensor no funcionaba y subimos por las escaleras.

Llegamos exhaustos al último piso. La puerta estaba abierta. Entramos en el amplio salón, que daba a una gran terraza. Parecía vacío, pero al acercarnos a la terraza vimos un cuerpo tendido en el suelo.

—¡Luis! —exclamé al acercarme.

Mi amigo sangraba por el abdomen. Su camisa se había teñido de rojo. Le levanté la cabeza y abrió los ojos.

—Se lo ha llevado, esa maldita… —dijo con dificultad. El dolor no le permitió terminar la frase.

—¿Dónde se lo ha llevado?

—No lo sé. Me abrió con mucha amabilidad, me dijo que todo se trataba de un error y que me marchase. Pero entonces el niño lloró, sacó un puñal y…

Mientras hablaba con mi amigo, el resto registró la casa en busca de alguna pista.

—Llamaremos a un médico.

—No hace falta, creo que esta es una manera muy digna de salir de escena. Nunca he llevado bien la vejez —dijo Luis—. Prefiero irme ahora, que todavía me funcionan la cabeza y las piernas.

Las lágrimas me surcaban las mejillas. Luis fue mi Virgilio todo ese tiempo, guiándome por los sinuosos recovecos de un mundo que desconocía. Me iba a sentir muy sola sin él.

El mundo es un lugar extraño. Nacemos sin saber el porqué y llevamos la marca de Caín en la frente. La muerte nos espera paciente para después robarnos lo único que en realidad tuvimos.

Murió como un escritor, poniendo punto final a su historia. Solté su cuerpo sin vida. Sentía que mi amigo ya no se encontraba allí.

—Bárbara, no hemos encontrado mucho, pero creemos que podría haber huido a algún pueblo de la carretera de Valencia. Al parecer tiene familia por la zona.

Me quedé muda. El dolor me atravesaba por dentro, pero lo único que me movía era la rabia y la necesidad de rescatar a mi hijo cuanto antes. La ciudad tenía los días contados y una miliciana no podía salir así como así del cerco que rodeaba Madrid. Debía encontrar y recuperar a mi pequeño.

En la terraza, alcé la vista. El cielo había tomado un tono rojizo, como si España ya no fuera capaz de soportar más sangre y sufrimiento. Las nubes amoratadas reflejaban el frío de aquel día de Navidad tan triste y difícil para mí.

—La llevamos con su esposo. Dormirá en una de nuestras casas refugio —dijo Manuel.

Aquel hombre no entendía que una madre sin su hijo es una muerta en vida, y que lo único que quedaba en mi mente y en mi corazón era la voluntad de recuperarlo a toda costa, al precio que fuera.

Una, grande y libre

TERCERA PARTE

Una, grande y libre

35

Madrid, 1 de enero de 1939

El dolor de mi corazón era tan insoportable que lo único que me importaba era encontrar a mi hijo. Sabía que la República se desintegraba y que nuestras vidas se encontraban en peligro, pero solo podía pensar en salvar a mi pequeño Jaime. Luis había muerto por mi culpa y Juan parecía superado por las circunstancias tras su detención y las torturas. Manuel se empeñó en ayudarme, pero la maldita miliciana se había evaporado. Fuimos a preguntar a su pueblo, interrogamos a sus familiares, pero nadie sabía nada de ella. Tras seis días de búsqueda incesante estábamos empezando a perder toda esperanza.

Aquel día llegué a la casa en la que nos escondíamos más triste y frustrada que nunca. Juan se encontraba en la cama, deprimido y sin fuerzas para nada.

—Tenemos que hacer algo —le dije mientras me sentaba a su lado.

—Soy un cobarde, no te he podido proteger ni a ti ni a Jaime.

—No ha sido culpa tuya, te asaltaron personas armadas y después te torturaron.

—Hubiera preferido que me matasen antes de perder nuestro hijo.

—Lo recuperaremos, ten fe. —Traté de animarlo.

—¿Fe? ¿En qué y en quién? Esa loca es capaz de cualquier cosa.

—Lo que no entiendo es por qué nos odia tanto.

Justo en ese momento Juan abrió su corazón por primera vez.

—Toda la culpa es mía —dijo mientras se echaba a llorar de nuevo.

—¿Por qué dices eso?

—Tuve una aventura con Ana. Me sentía solo, distanciado de ti, cada uno estaba en sus asuntos. Nos conocimos en una asamblea. Nos acostamos, pero pensé que no se repetiría, por eso no te lo conté. Después volvimos a vernos, y cuando le dije que lo íbamos a dejar es cuando te detuvo. Creí que ya no la volvería a ver.

Sentía ganas de vomitar. Lo había sabido todo este tiempo y no me había dicho nada.

—¿Qué sabes de ella? Alguna vez debió de hablarte de sus planes.

Por primera vez comenzó a reaccionar, como si algo hubiera cambiado en su mente.

—Olvida lo que pasó, tenemos que salvar a nuestro hijo —añadí.

—Quería escapar de España e irse a Venezuela. Tiene familia allí, creo. Imagino que estará intentando tomar alguno de los barcos que salen para América desde el puerto de Valencia.

Me puse en pie. Era tarde para salir, pero no estaba dispuesta a perder ni un segundo.

—¿Adónde vamos?

—Manuel nos ayudará.

Conseguimos dar con él a pesar de la hora. En cuanto le comenté lo sucedido me facilitó un transporte y un salvoconducto para superar todos los controles sin problemas. Juan conducía y yo lo único que podía hacer era pedir a Dios que Jaime estuviera aún en España.

Llevábamos dos horas de viaje cuando nos detuvo uno de los controles. Los guardias tenían mala pinta, iban vestidos casi con harapos. Nos pidieron dinero. No teníamos mucho y terminé dándoles mis pendientes de oro. Aparte de aquel incidente, llegamos sin novedades hasta Valencia.

Nos dirigimos directamente al puerto. Manuel conocía al coronel que lo dirigía, él nos informaría de los barcos que habían zarpado y de los que tenían previsto viajar a América. Cada vez nos quedaba menos tiempo para encontrar a nuestro hijo, pero ahora sentía que iba en la dirección correcta.

36

Valencia, 2 de enero de 1939

La ciudad estaba destrozada por las bombas y los obuses. Junto con Madrid y Barcelona, fue una de las más castigadas por los bombardeos de los nacionales. El coronel Ramírez nos contó que la gente ya no se escondía durante los ataques: se acercaban al mar para recoger los peces que flotaban muertos en la superficie. Una de las zonas más golpeadas era el puerto porque querían inutilizar las instalaciones y los pocos barcos que con cuentagotas salían rumbo a cualquier lugar.

—Los bombarderos son italianos. Ya han matado a casi un millar de personas. Muchos se han quedado sin hogar, por no hablar de los mutilados y los que han perdido la cabeza. Hace menos de cuatro años, esta era una de las ciudades más alegres de España. No entiendo qué nos ha pasado.

Lo miré impaciente. Afortunadamente, Juan, desde que me lo había confesado todo, parecía que volvía a ser él.

—¿Saben quién embarca en cada buque?

El hombre negó con la cabeza.

—Es imposible, no tenemos registros. Apenas sabemos el nombre de los buques y sus destinos finales —añadió.

—¿Cuántos han salido para América en los últimos días?

El hombre se lo pensó antes de contestar a mi marido.

—Ninguno, de eso estoy seguro. Han zarpado dos para Francia, uno para Argelia y otro con destino al Marruecos francés, creo.

Aquello no me devolvió la esperanza.

—¿Cuándo sale el próximo barco para América? —le pregunté.

El coronel miró en los listados y después, muy serio, nos contestó:

—En una hora zarpa uno para Cuba. Luego irá a Venezuela y a Argentina.

—¡Tiene que ser ese! —grité entre emocionada y angustiada.

—En media hora quitarán la pasarela. Deben subir antes y encontrar a su hijo.

—¿No pueden parar la salida del barco?

—Imposible. Lo siento.

Salimos del despacho, el coronel nos había indicado el número de amarre. Para nuestra desgracia, se encontraba en la otra punta del puerto. Logramos llegar doce minutos más tarde. Apenas teníamos tiempo para subir a bordo, registrarlo a fondo y encontrar a nuestro hijo.

En la pasarela nos detuvieron dos marineros.

—¿Adónde van? ¿Tienen su pasaje?

Les explicamos lo ocurrido y nos miraron con cierta desconfianza, únicamente la autorización del coronel los convenció.

—Les ayudaremos, pero en quince minutos quitaremos la pasarela para iniciar las maniobras de desatraque.

Llegamos a la cubierta principal y no vimos ni rastro de la miliciana. Después recorrimos las otras dos, más arriba. Tampoco hubo suerte.

—Quedan cinco minutos —nos anunció uno de los marineros.

Estábamos dispuestos a salir con el barco si era necesario, aunque los marineros no nos lo hubieran permitido.

—¿Dónde está el pasaje de tercera? —preguntó entonces Juan.

El marinero señaló unas escaleras.

—No les da tiempo, tienen que abandonar el barco —comentó el otro.

Corrimos hacia las escaleras. Un pasillo nos llevó a una gran sala con sillas y ventanas que daban al mar. Miramos a todos lados sin encontrar a la miliciana.

—Tienen que estar a bordo.

—Sí, pero ¿dónde?

Los marineros venían a echarnos del buque cuando reconocí la silueta de una mujer, de espaldas en uno de los pasillos.

—¡Ana! —grité. Al darse la vuelta, vi a mi hijo en sus brazos.

Corrí hacia ella. La miliciana subió las escaleras en dirección a la cubierta principal. Juan logró adelantarme, pero, cuando estaba a punto de alcanzarla, la mujer se acercó a la barandilla del barco y sacó al niño por la borda. Mi marido se quedó petrificado y levantó los brazos.

—¡No lo hagas, por favor!

Ana le miró con aquellos ojos fríos y se limitó a lanzar a Jaime al mar.

37

Juan se lanzó al mar sin pensárselo dos veces mientras yo gritaba. La miliciana intentó escapar aprovechando la confusión, pero yo me abalancé sobre ella y la derribé. Me coloqué encima y, aunque intentó forcejear, le sujeté las manos con fuerza. Se revolvió y la miré a los ojos. Los tenía inyectados en sangre.

—¡Quita, zorra! Ese cabrón me engañó. Os merecéis lo peor.

Ella no me importaba, únicamente quería que mi hijo estuviera bien. Los dos marineros me ayudaron a reducirla, y enseguida acudieron algunos de los oficiales y el capitán. Varios pasajeros y miembros de la tripulación se lanzaron al agua.

Me puse en pie y miré por la borda. Juan sostenía un pequeño bulto. Los marineros se acercaron con los salvavidas y al poco tiempo se aproximó una barca.

Bajé del barco y me acerqué a la escalera. Juan iba

en cabeza con el niño en brazos, lo puso en el suelo e intentó reanimarlo. Me senté a su lado, no podía dejar de llorar.

—¡Dios mío, por favor!

Juan siguió soplando con fuerza para que el aire entrara en los pulmones de nuestro hijo hasta que este tosió y expulsó un poco de agua.

—¡Está bien!

Abracé a Jaime. Temblaba de frío, pero estaba vivo y en mis brazos.

Dos marineros condujeron a la miliciana hasta las autoridades del puerto, pero ya no me importaba su suerte. Lo único que deseaba era regresar a casa, olvidar lo sucedido y empezar de cero.

38

Madrid, 6 de marzo de 1939

No teníamos qué comer. Ya no estábamos al cuidado de Manuel y veíamos como todo se desmoronaba a nuestro paso. Teodoro nos comentó que era mejor que nos trasladáramos al colegio. Tras la huida de Negrín y el Gobierno fugaz de Besteiro, Casado y Miaja, los comunistas habían asumido el poder.

Algunos ya la llamaban la «pequeña guerra civil» de Madrid.

Juan sabía que los comunistas se habían reunido en Ciudad Lineal para enfrentarse a los militares que habían dado el golpe. Supuestamente, los comunistas querían evitar que Casado nos entregase a Franco, pero en aquel momento y tras un largo y frío invierno, lo que deseaban casi todos los madrileños era la paz.

Las tropas comunistas venían desde El Pardo y su

misión era invadir el resto de la ciudad. Nosotros nos encerramos en El Porvenir. No es que fuera un lugar más seguro, en el fondo ninguno lo era, pero al menos podíamos estar con nuestros amigos en un momento tan difícil.

Nos enteramos de que no tardaron mucho en hacerse con el poder en la capital, pero no tenían fuerza suficiente en los pocos reductos de la República que aún resistían.

Teodoro estaba repartiendo con los profesores la comida cuando llegaron unos militares comunistas para pedirle a Juan que se fuera con ellos. Querían que intermediara con Segismundo Casado para que los fascistas no se aprovechasen de la división en el seno de la República.

—No te marches —le aconsejé.

—Tengo que hacerlo, al menos evitaré un derramamiento de sangre entre hermanos.

—Para eso es demasiado tarde, es lo que lleváis haciendo en los últimos tres años.

Juan me miró muy serio. Le parecía que le estaba reprochando todo por lo que había tenido que pasar, pero no era cierto. Yo era más que consciente de que él no había dejado de luchar por la paz desde el bando más moderado, aunque nadie le había hecho caso.

—La guerra está perdida —añadí.

—Ya lo sé, Bárbara, hace mucho tiempo que lo está, pero si se produce una matanza antes de que todo esto termine no me lo podré perdonar.

Juan se marchó con los dos comunistas y yo subí a mi habitación con el niño para darle de comer. Ya no tenía más amigos en España, me sentía tan sola que comencé a llorar.

Alguien debió de escuchar el llanto, porque llamaron a la puerta. Era Elfriede, una de las primas de Teodoro.

—¿Se encuentra bien? Siento mucho que lo esté pasando tan mal, mi hermano me contó lo sucedido con su hijo. Gracias a Dios que está bien.

Me sequé los ojos con las manos.

—¿Por qué llora, querida?

—Estoy agotada. Lo hemos perdido todo, mi esposo acaba de irse a una misión muy peligrosa y me siento profundamente sola.

Elfriede se sentó a mi lado, me acarició el pelo y con una voz dulce me dijo:

—Todo esto pasará. La vida es una sucesión de pruebas, y si logramos superarlas al final obtenemos un premio, una corona. Estos años han sido terribles, sobre todo porque en parte han llegado a deshumanizarnos. No me malinterprete, aquí hemos ayudado a cientos de personas, y eso que apenas nos quedan recursos, pero en el fondo nos hemos acostumbrado al sufrimiento, a la desesperación y al dolor ajenos. Creemos que es lo normal, pero no lo es. Le puedo asegurar que Dios siempre ha sabido enviarnos con el consuelo de su palabra una solución adecuada a cada problema.

Sus palabras me llenaron de una profunda paz.

—Me siento tan cobarde.

La mujer rio ante mi comentario.

—¿Cobarde? Nunca he conocido a una mujer que lo sea. Nosotras traemos a los niños al mundo y por eso no nos podemos permitir la cobardía. Desde que salen de nuestro vientre somos capaces de hacer cualquier cosa por ellos.

—¿Usted es madre?

Elfriede sonrió.

—No y sí, Dios me ha dado cientos de niños. Recuerdo su etapa como profesora. Le propongo que nos ayude en la librería y en el colegio hasta que todo esto termine.

Aquel ofrecimiento fue para mí como un regalo caído del cielo. Necesitaba tener la cabeza ocupada.

La librería se encontraba en aquel momento en el edificio Fénix, en una esquina de la calle Alcalá. El primer día, al llegar, estaba algo abrumada. Me daba miedo dejar a mi hijo en el colegio. No me había vuelto a separar de él desde su rescate, pero necesitaba retomar el contacto con los libros. En el fondo, ellos siempre me habían salvado, como tablas en medio de una tormenta en el océano.

La librería había sido asaltada unos días antes, pero no se habían llevado nada. La gente no robaba libros. Destrozaron algunos ejemplares, volcaron las estanterías y pisotearon las Biblias.

Pasé todo el día ordenando y recogiendo, y me sorprendió ver que algunas personas se detenían en el escaparate deseosas de que abriéramos las puertas. Sin duda no era la única que sentía que los libros eran capaces de salvarnos de aquel naufragio en el que se había convertido España.

A la mañana siguiente, terminé de ordenar la librería, miré el inventario y al mediodía abrí la tienda. Era un día claro, previo a la primavera madrileña, frío pero luminoso, como si con aquella luz la ciudad me estuviera prometiendo que muy pronto regresaría la belleza y la paz al país. Echaba mucho de menos el Madrid al que llegué.

Un hombre entró en la tienda. Era alto y delgado, algo desgarbado, con lentes de culo de botella.

—Cuando se reabren las librerías es que el mundo vuelve a amanecer —me dijo con una voz grave.

—Eso espero —le contesté.

—¿Es usted una Fliedner? No la había visto antes. Conocí al abuelo, era un hombre increíble. Mi familia iba a su iglesia. Yo soy ateo, sabe usted, pero siempre les he admirado mucho, porque su labor en el país ha sido increíble. Quería llevarme un almanaque.

Le entregué el último que habíamos publicado y tras pagar se marchó de la tienda.

Media docena de personas pasaron aquel día por el local. No era mucho, pero me sentí de nuevo activa y útil, capaz de aportar mi pequeño grano de arena para que la cosas cambiaran.

Al día siguiente regresó Juan, sin afeitar y con mala

cara, pero vivo. Nos abrazamos un rato y después de comer un poco paseamos por los jardines del colegio.

—Sabes, los comunistas se han rendido. Casado ha ganado la partida, aunque algunos aún se resisten.

—¿Qué sucederá ahora?

Juan se detuvo y me tomó de las manos.

—Casado quiere ir a Burgos a firmar la paz. Hemos perdido, Bárbara, tanto sufrimiento ha sido en vano.

Nos abrazamos y nos quedamos así unos minutos. Recordé cuando nos conocimos en Berlín. Era el hombre más apuesto de la ciudad y yo, una cría que soñaba con abrir una librería. Ahora éramos padres de un niño, la guerra nos había hecho madurar demasiado rápido y nos sentíamos como dos ancianos. Pero lo que realmente acarreábamos sobre nuestras espaldas era el peso de la guerra, y en cuanto esta terminase recuperaríamos nuestra fuerza, aunque entonces desconocíamos que lo que vendría después sería una prueba casi tan dura como la anterior.

39

Madrid, 28 de marzo de 1939

Los pasos retumbaban por toda la calle. Las botas de goma desgastadas tras tantos años de guerra rebotaban sobre los adoquines de las avenidas de Madrid. Nos asomamos y nos sorprendió ver los reflejos de los fusiles a la luz de la luna. Nadie hablaba y tenían las cabezas gachas. Habían perdido la guerra. Desde el principio, sus jefes y líderes los habían traicionado. En el fondo, la guerra, como todas, fue el enfrentamiento entre unas élites que no se soportaban, que lo único que querían era el control del país.

—Ya está —dijo Juan, que sabía que los enviados de Casado habían sido humillados una y otra vez. Franco no aceptó ni una sola condición para la rendición. Incluso la desmovilización y el trato a los heridos fueron humillantes.

—¿Adónde van? —le pregunté. Subían la calle hacia Cuatro Caminos, pero ignoraba su destino final.

—A los oficiales los llevan al frente para que entreguen las armas.

De algún modo, me sentí aliviada. Tras las luchas de las últimas semanas en las calles de Madrid entre las diferentes facciones, temí que se desencadenara una guerra larga en toda la ciudad. Era mejor así, aunque fuera tan humillante para todos. Ya había muerto demasiada gente.

No pegamos ojo aquella noche. Nos preocupaba que vinieran a por nosotros, pero no sucedió nada.

A la mañana siguiente la gente gritaba eufórica. No sabíamos si los vítores eran para recibir a las tropas franquistas o en realidad celebraban el fin de la guerra, el hambre y el frío.

Los balcones se llenaron de las antiguas banderas monárquicas.

Nos acercamos a Teodoro y le preguntamos qué quería que hiciéramos.

—Es un miércoles más, lo que todos los miércoles.

—Pero dicen que los ejércitos nacionales van a desfilar desde Ciudad Universitaria hasta el puente de los Franceses.

El hombre se encogió de hombros.

—No me importó lo que hicieron los otros durante estos años, no me preocuparé por lo que hagan ahora estos.

No me daba cuenta de que para el colegio los franquistas eran aún más peligrosos que los republicanos. Franco había anunciado que la guerra era una cruzada y no había dudado en calificar a su régimen de «nacionalcatolicismo». Nosotros no dejábamos de ser los viejos herejes de siempre, que hasta ahora se habían tolerado, pero a los que en cualquier momento podían aplastar como cucarachas.

Se repartió la comida a los ancianos e iban a comer los niños cuando llegó al colegio un hombre alto y rubio, que vestía un largo abrigo de cuero negro reluciente. Tenía en la mano una tela roja.

El conserje se quedó paralizado sin saber qué decir. Al final le pregunté yo qué quería.

—Me llamo Thomsem, ¿dónde está el pastor Fliedner?

Su aspecto era claramente nazi. Me pareció un agente de la Gestapo. Llevaba casi toda la guerra sin verlos y en aquel momento pensé que había sido una de las pocas cosas buenas de aquellos años.

—Venga conmigo —le dije, mientras le dirigía al despacho de Teodoro.

En cuanto estuvo delante de él, le preguntó de sopetón:

—¿Por qué no le han fusilado?

Teodoro se encogió de hombros.

—Decidimos quedarnos para ayudar.

—Quiero ver el edificio.

Teodoro me entregó las llaves y me dijo:

—Enséñaselo.

No quería hacerlo. Me temblaban las manos, pero lo obedecí.

Subimos a la primera planta y, tras abrir varias habitaciones, me pidió que le mostrara las que daban a la calle. Nos dirigimos a la del balcón principal. Salió y exclamó en voz alta:

—¡Esta es perfecta!

Colgó una gran bandera que caía casi hasta la puerta y después se quedó contemplando la calle, como si él solo hubiera conquistado Madrid.

—¿Usted es alemana?

La pregunta me pilló por sorpresa. Había albergado la esperanza de que no se hubiera dado cuenta.

—Sí, nací en Berlín.

El hombre frunció el ceño y después me escrutó con la mirada.

—Pronto oirán de mí.

El hombre bajó las escaleras y se marchó.

Me dirigí hasta el despacho de Teodoro y le conté lo sucedido.

—Una bandera nazi cuelga de la fachada.

Él no pareció inmutarse.

—Si Dios lo ha permitido será por algo.

El pastor aborrecía a los nazis, pero era consciente de que los franquistas no iban a permitir un colegio no católico en la ciudad. Habíamos escuchado lo que había sucedido en otras partes de España ocupadas por los nacionales y no albergábamos muchas esperanzas.

Unas horas más tarde, nos enteramos de que los

soldados franquistas no querían entrar en la ciudad por miedo a una emboscada, y que los primeros en pisar las calles de Madrid fueron los de la Legión Cóndor, los nazis voluntarios que habían luchado a su lado. La guerra había terminado.

40

Madrid, 24 de abril de 1939

La guerra había terminado y aquello parecía una razón más que suficiente para las celebraciones, pero una guerra civil no es como cualquier otra guerra. Es el enfrentamiento entre paisanos, vecinos y familiares, cuando se aprovecha para liquidar las viejas rencillas y eliminar al adversario. Muchos intelectuales fueron acosados o directamente asesinados en el bando nacional. Federico García Lorca se abstuvo de significarse en favor de un bando, pero eso no le libró de una muerte segura. Miguel de Unamuno, aunque al principio apoyó el golpe, terminó por condenar la bárbara represión contra gente inocente cuyo único crimen había sido pensar diferente. Amparo Barayón, la esposa de Ramón J. Sender, tras robarle a su hijo fue fusilada sin miramientos.

Conocíamos lo que había pasado en el bando sublevado durante la guerra, pero conservábamos la infantil esperanza de que, una vez terminada, los militares se conformarían con encerrar a los disidentes por un tiempo. Lo que no entendíamos es que buscaban la revancha, a veces por las víctimas de las checas, en otras, por querellas personales.

El final de la guerra fue un día más amargo que feliz. Nos sentíamos derrotados en muchos sentidos, pero sobre todo moralmente. Juan no salía del colegio por miedo a ser detenido. En cuanto los militares veían a dos o tres personas hablando en la calle las separaban de malos modos.

Teodoro Fliedner fue a preguntar al general responsable si podían celebrar el culto dominical y este le indicó que hablase con la persona encargada de los asuntos civiles. Con mucho esfuerzo, logró que este le recibiera, pero sin dar ninguna explicación le prohibió cualquier ceremonia protestante, a pesar de que Teodoro le había informado de que la iglesia llevaba abierta desde 1870. Unos días después, logró que el general se comprometiera a hablar con el mismísimo Franco. Finalmente, se autorizaron verbalmente los cultos protestantes, más por ser un pastor de origen alemán que por tolerancia al diferente.

A mediados de abril, los falangistas detuvieron a uno de los profesores que la misión tenía en El Escorial, Luis Moreno. Por eso sentíamos que la espada de Damocles estaba sobre todos nosotros.

La embajada alemana me convocó, como a todos mis compatriotas que habían permanecido en la ciudad durante la guerra. Para ellos éramos sospechosos de colaboración con los comunistas. Acudí con Teodoro y sus familiares. Fuimos entrando de uno en uno. No puedo negar que, cuando llegó mi turno, estaba temblando. Llevaba al niño en brazos, pero aquello no pareció enternecer al funcionario nazi.

—Bárbara Spiel, ¿verdad?

—Sí, señor.

—¿Por qué se quedó en Madrid desobedeciendo una orden directa del Adolf Hitler?

La pregunta fue tan directa y la lanzó de una forma tan agresiva que medité durante unos segundos la respuesta.

—Estaba embarazada y casada con un español.

—Pero ¿usted es alemana?

—Sí, señor, nunca he renunciado a mi nacionalidad. Además, me fui de forma voluntaria de nuestro país.

—¿Con qué intención?

—Abrir una librería de libros extranjeros en la ciudad.

El hombre frunció el ceño, como si la palabra «librería» ya fuera de por sí sospechosa.

—Le dejaré el pasaporte alemán por el momento, pero no se marche de la ciudad sin dar aviso. ¿Entendido?

Miré al hombre con cierto desdén, pero este se limitó a apuntar algo en un cuaderno y a pedir que entrara el siguiente.

Las mañanas, y algunas tardes, las pasaba en la librería. Echaba de menos a mi buen amigo Luis. Nadie compraba libros, pero los soldados alemanes querían postales para enviar a sus familiares y era de lo poco que vendíamos. El dinero se usaba para comprar comida. Las cartillas de racionamiento que habían repartido apenas servían para conseguir unos pocos productos de mala calidad, pero eso era mucho más que lo que habíamos recibido en los últimos dos años, cuando casi no se encontraba nada para comer.

Los miembros de la Legión Cóndor entraron un día en la tienda algo despistados. Al verme comenzaron a hacer todo tipo de comentarios groseros, pero cuando les hablé en alemán se callaron de repente.

—Perdone a mis camaradas, llevan mucho tiempo sin ver a una mujer bonita.

—Soy madre y estoy casada.

—Lo siento —dijo el joven, poniéndose completamente rojo. Después reprendió a sus compañeros—. Me llamo Sigmund Müller, llevo dos años en España. Hablo un poco el idioma.

—Bárbara —dije mientras le estrechaba la mano.

—Me alisté para acabar con el comunismo —dijo en español—, pero no me ha gustado esta guerra. Demasiado odio y muchos crímenes. No es eso lo que me enseñaron en el ejército ni en casa.

—A veces nos toca representar papeles que nunca sospechamos —le contesté. No quería que se sintiera juzgado, la Legión Cóndor había bombardeado sin piedad a población civil.

—Quiero regresar a casa, olvidarme de todo esto, casarme y tener una vida común. Ahora sí que valoro lo que dejé allí. Es extraño, pero tienes que perder lo que más amas para darte cuenta de cuánto lo necesitas.

—Tome —le dije mientras le entregaba una postal con un versículo de la Biblia. El hombre lo leyó con dificultad: «Acuérdate de tu Creador en los días de tu juventud, antes de que lleguen los días malos y vengan los años en que digas: "No encuentro en ellos placer alguno". Eclesiastés 12, 1-2».

Noté que los ojos del soldado se humedecían.

—Muchas gracias, no olvidaré esto. Si un día pasa por Stuttgart, mis padres tienen una panadería en la plaza del Castillo.

El hombre me hizo un saludo militar y salió de la tienda.

Humanizar a tus enemigos siempre desconcierta. Te gustaría pensar que son demonios inhumanos, pero la mayoría de las veces son simples personas que han vivido circunstancias distintas, y estas las han llevado a tomar decisiones también diferentes.

Cuando llegué al colegio, me dirigí al cuarto en el que estaba Juan. Le di un beso y le conté lo que me había sucedido.

—No confraternices demasiado con el enemigo. Franco no ha olvidado a los que nos pusimos en su contra y nos lo hará pagar de una forma u otra.

Sus palabras me desanimaron, pero sabía que tenía razón. La venganza se sirve fría y eso era exactamente lo que estaba a punto de ocurrir.

41

Madrid, 30 de abril de 1939

Los días se sucedían tranquilos, parecía que la vida recuperaba su anterior tono monótono y ramplón. En el colegio se recibieron varias invitaciones para acudir a la embajada a celebrar la Tanz in den Mai, la fiesta de la primavera. Nos vestimos de gala aquella tarde. Dejé a mi hijo con una de las profesoras españolas y convencí a Juan para que nos acompañara.

El jardín de la embajada estaba bellísimo, la primavera había vestido con flores cada rincón. Tras unas palabras del embajador, se repartieron bocadillos y cervezas. Llevábamos meses sin tomar una cerveza y la comida nos supo deliciosa. Cuando comenzó a sonar la música, Juan se sentó en una silla.

—Venga, baila conmigo —le pedí mientras le tiraba de los brazos.

—Hace mucho tiempo —se quejó.

Al final bailamos durante un rato, hasta que comenzaron a sonar las canciones tradicionales alemanas y mi esposo se fue a por más cerveza. Estaba bailando con algunas de las profesoras del colegio cuando escuché una voz a mi espalda.

—Señora Delgado, me alegra saber que ha sobrevivido a la guerra.

Me giré aterrorizada. Era el agente de la Gestapo que me reclutó al comienzo de la guerra. Al parecer, él también había sobrevivido y estaba de regreso en Madrid tras el final de la contienda.

—Ya terminó todo —le contesté.

—Bueno, quedan algunos flecos. He visto a su esposo. Se llamaba Juan, ¿verdad?

Intenté tragar saliva.

—¿Qué hace un socialista profanando suelo alemán? ¿Acaso se ha arrepentido de sus crímenes?

—Juan no ha matado a nadie. Todo lo contrario, ayudó a muchas personas a escapar de una muerte segura. Tenemos testimonios que así lo atestiguan.

El hombre dibujó su media sonrisa y después me miró un rato sin decir nada.

—Si no quiere que dé parte a las autoridades, todavía tiene que realizar unos trabajos para nosotros. Sabemos que los comunistas y algunos socialistas se están intentando organizar en la clandestinidad. Solo necesitamos unos nombres.

Parecía que estaba de nuevo en una especie de pe-

sadilla recurrente, pero lo peor de todo es que no teníamos adónde ir. Algunos amigos nos habían contado que el trato de los franceses a los españoles que
habían logrado cruzar la frontera antes de que los nacionales la controlaran había sido inhumano, que los
barcos hacia América ya no salían de Valencia y que el
dictador que gobernaba en Portugal estaba deportan-
do a todos los que intentaban refugiarse en su país o lo
utilizaban como escala en su viaje a Brasil. En el fondo, España se había convertido en una cárcel gigantes-
ca y, para los que no eran contrarios al régimen, en un
cuartel.

En cuanto Juan vio que aquel tipo me estaba aco-
sando, se acercó. El agente de la Gestapo se alejó con
rapidez y se perdió entre la gente.

—¿Quién era ese hombre? —me preguntó mi esposo. Intenté cambiar mi gesto de angustia por otro
menos inquietante, pero no estoy segura de que lo
consiguiese.

—Trabaja para la embajada. Lo conocí en la iglesia
antes de la guerra.

Justo en ese momento se nos acercó el nuevo pastor. Nos saludó muy amigablemente, comenzamos a
hablar de otra cosa y así logré que Juan no se preocu-
para más. No deseaba que, la primera vez que se había
atrevido a salir a la calle, viera el peligro que corría.

42

Madrid, 19 de mayo de 1939

La noche anterior había sido terrorífica. La Legión Cóndor desfiló con antorchas en la mano y yo no pude evitar que me asaltaran los recuerdos del día en que Hitler llegó al poder. El fascismo gobernaba España, podía tener matices nacionales y estar impregnado de nacionalismo y catolicismo, pero al menos en la estética y en algunas ideas era muy parecido al nazismo y al fascismo italiano.

Juan y yo pasamos parte de la mañana en el jardín. La familia Fliedner había acudido al desfile más por no causar problemas al colegio que por afección a un régimen que desde el principio había perseguido a todas las minorías y a cualquiera que se creyera diferente.

—Tenemos que huir —le espeté a Juan. No le había

contado nada de mi encuentro en la embajada y, aunque habían transcurrido más de dos semanas, aún tenía el miedo en el cuerpo.

—A medida que pase el tiempo imagino que las cosas se calmarán. Por ahora nadie me ha detenido ni me ha llamado para interrogarme.

Fruncí el ceño. No entendía por qué mi marido no se daba cuenta de que era una simple cuestión de organización. Los tribunales militares estaban colapsados por las condenas a muerte y a prisión que se dictaban todos los días. Las cárceles estaban tan saturadas que se abrieron campos de concentración por todos lados.

—Las cosas no van a mejorar, al menos para nosotros. Esa gente está sedienta de venganza y Franco quiere terminar con todos los disidentes, pero no de una forma semántica, quiere eliminarlos físicamente.

—Yo soy español, sé cómo se hacen las cosas aquí. Los españoles no somos alemanes, somos inconstantes hasta para asesinar a la gente. La mayor parte de los condenados tienen familias en el otro bando, Franco no puede asesinar a medio país.

Me encontraba tan angustiada que salí a pasear. No quería discutir, pero yo era una refugiada, ya había dejado una vez mi hogar y sabía perfectamente cuál era el momento propicio para escapar.

Pensé que teníamos una oportunidad si trabajaba para el odioso agente de la Gestapo. Me comprometería a proporcionarle los nombres que me había pedido si nos garantizaba un salvoconducto a Portugal y un pasaje con destino a América. En realidad, le pasaría información falsa, de modo que nadie saldría perjudicado y, para cuando quisieran darse cuenta, ya estaríamos muy lejos de su control.

Me dirigí a la embajada, pregunté por él y no tardó mucho en atenderme.

Entré en su despacho, se puso en pie y me dio la mano.

—Estoy muy contento de verla por aquí.

Se acercó al balcón que daba al paseo y abrió los ventanales. Se escuchaba la algarabía de la calle. Aún me sorprendía que en pocos meses se hubiera pasado como si nada del Madrid adalid de la resistencia, del poder rojo y del «¡No pasarán!» al de «¡Franco, Franco, Franco!». Yo ya había vivido todo esto en Alemania, lo que me producía una angustia aún mayor.

—Trabajaré para usted. Le daré la información a cambio de salvoconductos para mí y para mi familia —dije mientras miraba fijamente a los ojos grises del agente.

El hombre me sonrió, pero más que un gesto de amabilidad me dio la impresión de que se trataba de un lobo enseñando los colmillos.

—Los tendrá en una semana, pero quiero el informe cuanto antes. ¿Lo ha entendido? Piense que sus amigos del colegio también están en el punto de mira de la embajada. Si hace cualquier tontería…

Noté una fuerte opresión en el pecho. No había

caído en que los nazis podrían castigar a los Fliedner y a los otros miembros de El Porvenir.

—Esa gente es inocente.

El hombre se acercó hasta casi pegar su cara a la mía. Sus rasgos vulgares, sus facciones groseras y su olor a vinagre me repugnaban.

—Nadie es inocente. Creí que habría aprendido alguna lección en todo este tiempo de guerra.

—Esa gente sí lo es, dedican su vida a los demás. Gracias a ellos han sobrevivido decenas de ancianos y cientos de niños, por no hablar de las muchas familias que recibieron alimentos del colegio. Podrían haberse ido, pero se quedaron para ayudar.

—Para alimentar a rojos —dijo el hombre despectivamente.

—Para alimentar a personas inocentes —le corregí.

—No obedecieron las órdenes de Hitler. La gente como ellos son un cáncer. Dieron esperanzas a nuestros enemigos y eso permitió que resistieran más. De esos colegios han salido librepensadores y comunistas. ¿Qué tipo de colegio religioso es ese?

No podía debatir con un hombre así. Me limité a salir del despacho. Me ordenó que no regresara a la embajada; debía entregarle el informe en el hotel Ritz, uno de los más lujosos de la ciudad, donde se alojaba aquel individuo.

Caminé por las calles atestadas de gente de fiesta. Estaba intentando cruzar cuando alguien me sujetó del brazo.

—Señora, perdone que la moleste.

Me giré algo nerviosa. A pesar de la multitud, no estaba segura. Vi el rostro de Müller, el joven soldado alemán de la Legión Cóndor.

—Mi conversación con usted me ha cambiado. He pedido la licencia absoluta, no quiero volver a tomar un arma en mi vida.

—Me alegro por usted.

—Si necesita cualquier cosa, estoy hasta finales de mes en el cuartel cercano a Cuatro Vientos.

—Me alegro de que regrese a casa, aunque no le será fácil. Ya sabe lo que sucede allí —le comenté.

—Pienso ir al seminario. Al menos podré ayudar a la gente y no me obligarán a alistarme. No creo que Alemania se meta en una guerra, la gente no quiere otro desastre como el del catorce.

Miré a mi alrededor y le contesté:

—¿Está seguro? Esta gente hace unos meses apoyaba a la República. El pueblo es cambiante, y mucho más si le dan pan y circo.

El hombre me miró muy serio. A todos nos gusta pensar que el mundo puede ser un lugar mejor y que las cosas pueden cambiar, pero a veces las cosas son como son y únicamente te queda sobrevivir, intentar que la masa no te arrolle.

—Espero que le vaya muy bien —le deseé al joven con todo mi corazón antes de retomar mi camino entre la multitud.

Jamás me había sentido tan sola. La gente me apretaba. Podía notar los olores, los gritos y las lágrimas de los espectadores con sus brazos en alto al estilo nazi. Los falangistas lucían sus camisas azules, pero no parecían tan fieros como los camisas pardas de las SA, con aquel pelo engominado y los bigotitos de Charlot. En sus entrañas, sin embargo, se escondían el mismo odio y desprecio al diferente que sus correligionarios alemanes e italianos.

El mundo había perdido la cordura y tenía la sensación de ser la única que veía en un país de ciegos. Cuando logré llegar a Cuatro Caminos y deshacerme de la muchedumbre respiré más tranquila. Ahora que conocía las consecuencias de mentir al agente de la Gestapo, sabía que nuestra única escapatoria era cruzar la frontera y ponernos a salvo.

43

Madrid, 25 de mayo de 1939

Mi hijo jugaba con la cajita en la que yo guardaba mis pocas joyas y otras cosas importantes cuando le vi en la mano la llave plateada. Recordé entonces la caja de seguridad del Banco de España. No había vuelto a pensar en que Alan guardó allí documentos y dinero para que pudiéramos escapar de España en caso de necesidad. La guardé de inmediato en el bolsillo y, sin decir nada a nadie, tomé el tranvía hasta el banco. Nunca había entrado en el edificio, aunque lo había admirado en innumerables ocasiones, con su suntuosa fachada al lado de la fuente de Cibeles y enfrente del majestuoso Palacio de Comunicaciones. Afortunadamente, la zona no había sufrido por los bombardeos, aunque las heridas de la guerra aún se podían observar en muchos lugares de la ciudad y en el aspecto famélico y empobrecido de la población. El país no tenía dinero para la reconstrucción y casi todos los recursos se habían gastado en armas.

En la puerta principal, un policía me detuvo antes de entrar.

—¿Adónde se dirige, señora?

Le enseñé la llave.

—Tengo una caja de seguridad.

El hombre la examinó y, con cara de pocos amigos, me señaló una puerta lateral. Tras cruzarla, tuve que bajar unas escaleras hasta lo que parecía una puerta blindada, donde aguardaba un aburrido funcionario. Al parecer algunas cosas no habían cambiado en el país. Le mostré la llave y, como si acabara de fastidiarle la mañana, me llevó hasta el fondo de la sala, subimos unas escaleras metálicas y me indicó cuál era mi caja de seguridad. Metió su llave y yo, la mía. Extrajo un cajón metálico que colocó sobre una mesa.

Miré en el interior con cautela en cuanto el funcionario me dejó a solas. Había dinero en pesetas, que al ser del bando republicano no valía nada, en francos y en libras. También encontré dos pasaportes con nuestras fotografías, pero con nombres falsos. Éramos británicos. Yo hablaba inglés, pero Juan apenas entendía algunas palabras. Imaginé que la gente de la frontera tampoco lo hablaría. Dejé en la caja el dinero republicano y me guardé el resto en el bolso.

Salí del edificio y me dirigí directamente al colegio. No quería decir nada a los Fliedner para que no se metieran en más problemas. Ya tenían suficiente intentando rescatar a varios profesores españoles que habían sido detenidos, recuperar sus inmuebles y mantener el colegio de Madrid en marcha.

Juan estaba jugando con el niño cuando llegué. Le mostré los pasaportes y me puse a hacer las maletas.

—¿Te has vuelto loca? Nos atraparán en la frontera y entonces sí que acabaremos todos en la cárcel.

—Tenemos que marcharnos antes de que las cosas se pongan aún peor. El país todavía se está organizando y la de Portugal no es una frontera tan vigilada.

Juan negó con la cabeza.

—Mi familia no logró salir de Valencia, por ahora nos han dejado tranquilos.

Al final me enfadé y le dije:

—El hombre con quien me viste en la fiesta de la embajada es un agente de la Gestapo. Quiere que denuncie a tus compañeros de partido que han pasado a la clandestinidad. Ya me amenazó antes de que comenzara la guerra. Tenemos que irnos de inmediato.

Por primera vez vi que en los ojos de Juan se encendía la ira, un fuego que creía apagado por la guerra y su detención. Me ayudó a hacer las maletas.

—¿Cómo has pensado llegar a la frontera? —me preguntó. Me quedé paralizada.

Había que pedir permiso para moverse por el territorio y la mayoría de los trenes no funcionaban. Miles de personas estaban en los caminos tratando de regresar a sus casas y otras tantas huían hacia lugares donde nadie las conociera.

Lo único que se me ocurrió fue intentar localizar a Alan en el Hotel Palace. Podría facilitarnos un vehículo con combustible y unos salvoconductos de su embajada.

Tomamos las maletas y al niño y nos fuimos al hotel en taxi. Algunos ya volvían a funcionar aunque no hubiera mucha gasolina en la ciudad.

Entramos en el Palace y pregunté por el agente. Me contestaron que ya no se alojaba allí. Intentamos localizarlo en la embajada, pero nos dijeron que no lo conocían. Cuando comenzábamos a desesperar, me acordé del soldado alemán.

Una hora más tarde llegábamos al Aeródromo de Cuatro Vientos. Llamaron al piloto, que nos recibió en una sala pequeña al lado de la entrada. Tras las presentaciones, Müller nos preguntó en qué podía ayudarnos. Le expliqué brevemente nuestra situación.

—Dentro de unos días partimos hacia Vigo, y desde allí nos trasladarán en barco a Alemania —nos informó—. Han denegado mi baja en el servicio, aunque oficialmente no estoy en el ejército. Se está preparando algo muy gordo, se está movilizando a todas las tropas.

—¿Podría conseguirnos algún transporte hasta Portugal?

El oficial nos miró pensativo. A continuación, salió de la sala y habló con un superior. Unos minutos más tarde entró de nuevo.

—Al tratarse de una ciudadana alemana la ayudaremos, no todos somos nazis. Un transporte les acercará hasta Fuentes de Oñoro, un pueblo próximo a Ciudad Rodrigo. Desde allí tendrán que cruzar a pie la frontera.

—Muchas gracias —dije abrazando al soldado. Aquel hombre acababa de salvarnos la vida.

44

Camino de Portugal, 26 de mayo de 1939

Nos habían dejado pasar allí todo el día. Por la noche, una camioneta con material militar se paró en la entrada. Nos escondieron en la parte trasera del vehículo, detrás de unas cajas. Ni la policía ni el ejército se atrevía a detener los transportes alemanes, pero el joven oficial decidió acompañarnos para asegurarse de que llegaríamos a nuestro destino. No sabíamos en qué estado nos encontraríamos los caminos. Las carreteras de la provincia de Madrid estaban muy dañadas por los bombardeos, pero logramos sortear los socavones. A los lados podían verse los vehículos calcinados que los militares habían retirado para que los transportes llegaran a la capital. En cuanto superamos la sierra y nos introdujimos en Segovia, la cosa mejoró un poco. La carretera estaba deteriorada, aunque el firme aguantaba en la mayor parte.

El niño se mareó varias veces, pero no paramos porque queríamos llegar a la frontera antes de que anocheciera y la cerraran hasta la mañana siguiente. Nos gustó contemplar la campiña. Apenas se veía ganado, pero los campos estaban sembrados y los bosques de Madrid y Segovia nos confortaron el alma.

Pasamos por Ávila. Su hermosa muralla permanecía intacta. Nos detuvimos en un pueblo cercano para comer. Habíamos atravesado tres controles sin problema. A medida que nos adentrábamos en la zona dominada por los nacionales desde hacía más tiempo, la presencia militar y policial en las carreteras era cada vez menor.

Comimos con el oficial y el conductor. Nos ofrecieron carne en lata, salchichas y otras delicias que no habíamos probado durante años, como la leche condensada. Era delicioso ver el rostro de mi hijo disfrutando de algo dulce.

Retomamos el viaje, pero al pasar por Ciudad Rodrigo nos detuvo un control militar de legionarios. El cuerpo de soldados africanos era uno de los más temidos y al parecer el único que se atrevía a parar una camioneta de la Legión Cóndor. Nosotros contuvimos la respiración, no queríamos que nadie nos descubriera.

—Buenas tardes, ¿adónde se dirigen? —preguntó el cabo al oficial.

—Buenas tardes, nos dirigimos a Zamora.

—Esta carretera va a Ciudad Rodrigo y después a

Portugal. —El legionario había adoptado un tono de voz más firme.

—Queríamos conocer la ciudad, nos han dicho que es muy hermosa.

—¿Están haciendo turismo?

—Regresamos a Alemania en unos días. No sabemos si tendremos otra oportunidad.

—Haber empezado por ahí. ¿Quieren que los acompañé alguno de los nuestros? Les puede recomendar dónde cenar.

—No queremos molestar. Además, vamos a cenar en Salamanca.

El oficial le entregó el documento de su superior con la autorización del viaje y un visado del ejército español.

—Todo está en orden, compañeros. Gracias por lo que habéis hecho por España. No como esos italianos, que más de una vez hemos tenido que arreglar sus picias.

—¡Arriba, España! —gritó Müller. El legionario le contestó con el brazo en alto.

Media hora más tarde ya habíamos dejado atrás Ciudad Rodrigo y nos aproximábamos al último pueblo español antes de la frontera.

Nos dejaron en la carretera principal, a menos de dos kilómetros. No querían que los carabineros de la frontera vieran su vehículo.

—Muchas gracias por todo —le dije al oficial y este me dio un abrazo. Después saludó a Juan y acarició los mofletes del niño.

—Espero que no tengan ningún percance —dijo el alemán en un pésimo castellano. A continuación, subió a la camioneta y se alejó por el camino.

Íbamos con tiempo y teníamos los papeles en regla. Nada podía salir mal.

Llegamos a la frontera unos veinte minutos más tarde. No había nadie cruzando hacia el lado portugués, pero sí varias personas que entraban en territorio español. Eran sobre todo portugueses que traían sus productos a España para venderlos a precio de oro.

De la garita salió un carabinero para visar los pasaportes.

—Buenas tardes. ¿Adónde se dirigen?

—A Lisboa —contesté en español con un mal acento inglés, para simular que éramos británicos.

—¿Han venido a pie?

—No, un transporte nos dejó a un par de kilómetros.

El hombre debió de entender que aquello era sospechoso porque entró en la garita y examinó los pasaportes con el suboficial. Al final salieron los dos.

—¿Son ingleses?

Afirmé con la cabeza. El problema era que Juan tenía cara de español.

—Bueno, sus pasaportes están en regla, pero el niño no consta en ningún documento. Podría ser ciudadano español y por ahora nadie puede salir del territorio. Acabamos de terminar una guerra.

—Lo entiendo, cabo, pero es nuestro hijo.

El hombre se aproximó al niño. El pequeño tenía mis ojos claros.

—Se parece —dijo el carabinero.

—Cállate, Ramón.

El hombre se acercó a mi marido.

—¿Usted es mudo?

—No —contestó escueto.

—No parece inglés.

Juan intentó poner algo de acento mientras decía en español:

—Mis padres eran españoles, yo nací en Londres.

El cabo frunció el ceño. Después volvió a la garita y llamó por teléfono.

—Tienen que esperar, van a venir unos agentes del SIPM. Tienen un cuartel en Salamanca. No pueden moverse de aquí hasta que hablen con ellos.

Eran agentes del servicio de inteligencia del ejército, un cuerpo represor del franquismo.

—Tenemos un niño pequeño. Nos iremos al pueblo y regresaremos mañana por la mañana.

El cabo negó con la cabeza.

—No pueden moverse de aquí. ¿Han entendido?

Nos retuvieron más de dos horas. Cuando llegaron los agentes del SIPM, ya sabíamos que nuestras opciones se habían reducido casi a la nada.

Los dos hombres vestían con traje, no con las largas gabardinas de la Gestapo o sus abrigos de cuero. Parecían amables cuando se presentaron.

—Yo soy el agente Triviño y este es García-Jurado.

Sentimos importunarlos, pero mucha gente está intentando cruzar la frontera de manera ilegal.

—No se preocupe, agente —le contesté.

—Su acento no parece inglés, más bien alemán.

—He vivido un tiempo en Alemania —le contesté.

—¿Su marido habla español?

—Un poco —le dije, mientras para mis adentros rogaba a Dios que no le hiciera hablar demasiado.

—Los pasaportes son auténticos, pero el niño tendría que estar registrado en la embajada de Madrid. No sabemos si es británico o español. Los niños pertenecen a la nación y no pueden ser sacados del país —comentó el tal Triviño.

—Entiendo, pero con la guerra nuestra embajada ha estado cerrada durante mucho tiempo.

—¿De dónde vienen?

Pensé que era mejor decir la verdad.

—De Madrid.

Aquello los puso sobre aviso.

—Queremos que hable su marido.

—No habla bien en español.

El tal García-Jurado comenzó a hablarle en inglés. Mi esposo le miró sin saber qué decir.

—Este hombre no es inglés. Será mejor que nos acompañen a Salamanca y que allí nos confiesen su verdadera identidad. Cuanto más alarguen esta farsa, peor les irá.

Las palabras amenazantes nos hicieron reaccionar de formas diferentes. Mientras que yo comencé a rogar que nos dejaran cruzar la frontera, Juan les pidió que me dejaran cruzar a mí con el niño.

—Ella es ciudadana alemana, por favor, deténganme a mí. Todo esto es por mi culpa.

—Eso lo aclararemos con el cónsul, no se preocupe —dijo Triviño de forma agradable.

Nos introdujeron en su Citroën negro y nos trasladaron hasta las oficinas de su cuartel. Primero interrogaron a Juan y más tarde, a mí. Sabíamos que era inútil ocultar la verdad. Después nos dieron algo de cenar y nos informaron que al día siguiente regresaríamos a Madrid para pasar a disposición judicial. Habíamos abierto la caja de Pandora y en el fondo no había quedado ni la esperanza.

45

Madrid, 27 de mayo de 1939

Tardaron dos días en trasladarnos a Madrid. Nos trataron con mucha amabilidad, pero en el transporte de regreso a la capital ya vimos que la cosas iban a cambiar. Nos llevaron en un furgón policial, sentados en los laterales. El vehículo era tan viejo que tardamos casi el doble de tiempo que en la ida. Únicamente pararon una vez. Nos dieron un poco de pan con algo parecido al tocino rancio y no nos permitieron hacer nuestras necesidades en ningún momento.

La primera noche la pasamos en el edificio de Gobernación, en la Puerta del Sol. La celda era fría y húmeda, pero al menos estábamos juntos. Me dieron comida para el niño y unos bocadillos para nosotros. No nos proporcionaron un abogado ni se pusieron en contacto con mi embajada.

Un agente entró en la celda y nos mandó llamar a los dos.

—El niño no puede quedarse solo.

—No se preocupe por nada, señora, yo le atenderé —dijo un agente más veterano. Aquello me dejó algo más tranquila.

Nos llevaron a uno de los despachos que daban al patio interior. Me temía lo peor.

—Bueno, han intentado escapar del país con una identidad falsa. Es un delito muy grave. Además, usted es Juan Delgado, militante socialista, diputado y miembro del Gobierno de Negrín.

—No he hecho nada malo.

—Eso lo decidirá un juez. Por ahora queremos saber quién les entregó el dinero en divisas y los pasaportes, que sabemos que son auténticos.

—Unos amigos —contestó Juan. El agente, con pinta de gorila, le dio un bofetón que casi lo tumba de la silla.

—Vamos a llevarnos bien. Si me dicen la verdad, se irán a dormir, mañana se los llevarán a una cárcel preventiva y, si es cierto que no han cometido crímenes, serán depurados. Pero si no colaboran, lo van a pasar mal.

Juan ya sabía lo que era la tortura, pero quería protegerme a toda costa. Cuando los agentes lo golpearon de nuevo, esta vez con los puños, les pedí que parasen.

—¿Qué tiene que decirnos?

Les conté que me los había facilitado un amigo inglés que los había depositado en una caja de seguridad del Banco de España. Aunque no dije su nombre ni que se trataba de un espía.

—Tiene nombre y apellido.

—Thomas Green —dije para que nos dejaran en paz—. Se fue de Madrid hace unos meses. A Londres.

El agente me miró fijamente. Después se acercó y, con la cara pegada a la mía, como si me fuera a besar, dijo muy serio:

—No juegue conmigo. No me importa que sea alemana, es una puta espía.

—¡No hable así a mi mujer! —gritó mi esposo poniéndose en pie. El otro agente le dio un puñetazo en el estómago y, antes de que se pudiera recuperar, un rodillazo en la cara. Juan se derrumbó en el suelo, donde los dos agentes lo patearon.

—¡Por favor, paren! —les supliqué entre lágrimas.

Los dos agentes parecían disfrutar golpeando a un hombre indefenso en el suelo. Después se giraron y me dijeron amenazantes:

—Va a vivir un verdadero infierno por espía, puede que hasta la cuelguen. A este gilipollas lo van a fusilar y su niño se lo darán a una familia decente.

Sus palabras me hicieron temblar. Ayudé a mi marido a incorporarse y nos devolvieron a la celda.

El agente mayor, al vernos llegar, nos abrió la puerta. En cuanto estuvo a solas con nosotros, nos acercó unas toallas limpias y algo de alcohol. Intenté curar las heridas de Juan, pero lo que más le dolía era el orgullo.

—Nos van a separar —me dijo.

—No creo.

—A ti te mandarán a la prisión de mujeres y a mí, a la de hombres. Me harán un consejo de guerra.

—¿Por qué? No has hecho nada malo.

—He pertenecido a un gobierno al que ellos atribuyen crímenes de lesa humanidad. Intenta ponerte en contacto con Teodoro. Si él presiona a lo mejor podría sacarte a ti y al niño.

Me negaba a aceptar la realidad.

—Se aclarará todo y saldremos los tres en unos días.

Juan me tocó el rostro cubierto de lágrimas.

—Nos han cogido en la frontera con pasaportes falsos. Si antes ya éramos sospechosos para ellos, ahora lo somos todavía más. No se van a creer el cuento de que nos ayudó un amigo inglés. Diré que trabajaba para los británicos.

—Te fusilarán —le dije atemorizada.

—Si descubren que lo hiciste tú, te ahorcarán o te darán garrote.

—Prefiero morir…

Me dio un beso y después me dijo en un susurro:

—Tienes que cuidar de nuestro hijo, él te necesita.

—Te quiero —le dije con la voz ahogada por las lágrimas.

—Yo también, por eso tenemos que convencer a esa gente de que eres inocente.

—No asesinarán a una ciudadana alemana.

—Te olvidas de ese nazi. Nadie en la embajada moverá un dedo por ti.

Intentamos descansar un poco, aunque nos resultó imposible dormir. No sabíamos qué nos depararía la mañana, pero nos temíamos que seguramente era la última vez que estaríamos todos juntos. Los brazos de Juan me acunaron aquella noche, como cuando era niña y solo me sentía segura en el tierno regazo de mis padres.

46

Pasamos la noche en vela. No queríamos que llegara el amanecer, pero cuando el sol despuntó en el horizonte, aunque sus rayos no pudieran iluminar aquella celda oscura, nuestra suerte estaba echada. Temíamos lo peor. Habían cambiado los paseíllos, en los que se sacaba por la noche a las víctimas y se las fusilaba en las tapias de los cementerios, por el sistema judicial franquista, que era poco más que una farsa en el que no se cumplían unas mínimas garantías legales. Los tribunales, según se oía, iban a ser militares, ya que Franco no había abolido el estado de guerra, lo que permitía actuar con total impunidad.

El agente mayor que estuvo toda la noche de guardia nos trajo unos cafés con leche. Lo único que entró en nuestro estómago en muchas horas. No tenía ganas de tomar nada, pero Juan me insistió.

—Ahora vendrán a por usted y le llevarán a la prisión; después, a por su señora. Espero que logren salir bien de esta.

Nos sorprendió el buen corazón de aquel hombre que no nos conocía de nada, pero que había intentado que aquella fatídica hora no fuera tan amarga.

Treinta minutos más tarde dos policías entraron en la sala, abrieron la reja y cogieron a Juan de los brazos. Yo me aferré a él para que no se lo llevasen.

—¡Por favor, déjenlo con su familia!

Mis súplicas no surtieron efecto. No pude ni darle un beso de despedida.

Me quedé tirada en el suelo, llorando. El niño comenzó a hacer pucheros hasta que su llanto se unió al mío.

Al cabo de unos veinte minutos, otros dos policías me sacaron de la celda con mi pequeño, nos llevaron hasta un garaje y nos montaron en un coche. Mientras desde la ventanilla observaba la ciudad, no podía creer lo que me estaba sucediendo. Aquella gente continuaba con su vida como si nada, pero yo estaba prisionera por el simple hecho de haber intentado salir del país con mi esposo y mi hijo.

Comencé a llorar, hasta que uno de los policías, con la cara picada de viruela, frunció el ceño y me gritó:

—¡Cállate, puta, o lanzamos al niño por la ventana!

Me quedé muda, casi sin respiración hasta que paramos enfrente de la Cárcel de mujeres de Ventas. Pasamos dos cancelas y en un patio grande nos hicieron bajar del vehículo. A partir de allí, los carceleros eran mujeres. Al principio me sentí aliviada, pero pronto comprendí que eran tan inhumanas como los hombres.

Una de las carceleras me llevó a empujones hasta una sala. Tras acomodar al niño en el suelo, me obligaron a desnudarme mientras no dejaban de proferir insultos.

—¡Venga zorra, que no tenemos todo el día! Parece una señoritinga, una roja burguesa, esas son las peores —me increpó una carcelera llamada Eloísa.

Otra de las guardianas más veteranas me obligó a agacharme y me registró en mis partes, infligiéndome un gran dolor. Desnuda como estaba, me sentaron en una silla y me raparon el pelo al cero. Mientras veía mis mechones caer al suelo, me dije que debía ser fuerte y no dejarme amedrentar por aquellas arpías.

—Coge a tu cachorro y entra por la puerta.

Cumplí las órdenes y otra funcionaria me condujo por un largo pasillo. Las presas estaban en silencio en sus celdas. A muchas de ellas casi no les quedaban fuerzas: la ración de comida era mínima y las palizas, diarias. Me metieron en una de las celdas con una mujer de pelo moreno liso. Su aspecto era tierno a pesar de que tenía los ojos hinchados por los golpes.

—¡Dios mío, trae un niño! —exclamó la mujer al ver a mi hijo.

Tocó la mejilla del pequeño y le sonrió, pero este se echó a llorar.

—Pobre, este no es lugar para un niño. Me llamo Matilde Landa, encantada de conocerla.

—Yo Bárbara Spiel —le contesté.

—¿Alemana? Creo que nos hemos visto alguna vez. Mi esposo era Francisco López Gavinet, aunque estamos separados. Bienvenida a este lujoso hotel. No se preocupe, la directora es una buena persona. Carmen de Castro fue alumna mía en la Institución Libre de Enseñanza, ironías de la vida.

—Encantada.

—He conseguido crear un gabinete de defensa para presas. Intentaremos sacarla de aquí cuanto antes. También al niño.

Me senté en el camastro, estaba agotada y hambrienta. La mujer se puso a mi lado.

—Si no la acusan de crímenes de sangre no hay nada que temer. Estos cerdos son malos pero alguno queda con algo de dignidad. Los muy hipócritas se llaman cristianos… Yo soy atea, pero si estos siguen a Cristo yo soy monja de clausura. La mujer soltó una carcajada que me dejó perpleja.

—Hay dos maneras de tomarse las cosas en la vida —continuó—: por las buenas o por las malas. Estas cerdas nos quieren muertas en vida, pero no lo van a conseguir.

El niño tenía mucha hambre, y nadie me daba leche ni nada de comer. Pedí a las carceleras algo de comida, pero me dijeron que hasta la tarde no nos traerían alimentos.

Al final el pequeño se quedó dormido en mis brazos. Me sentía sucia, agotada y hambrienta, y no dejaba de pensar en Juan y en cómo se encontraría él.

Al día siguiente nos hicieron formar en el patio. Hacía mucho calor, aunque eso no les importaba. Una de las guardianas se acercó a mí, la tal Eloísa, y mirando al niño me dijo:

—¡Dámelo, lo llevaré a la guardería, allí lo cuidarán mejor!

Me negué a soltarlo y dos de las carceleras comenzaron a darme puñetazos en el estómago hasta que aflojé los brazos. Vi cómo se lo llevaban. El pequeño gritaba y me echaba los brazos. Quería morirme. Ya me habían separado una vez de Jaime y no podría soportarlo otra más.

Una chica muy joven se acercó a mí, me puso una mano en el hombro y me dijo:

—Me llamo Adelina García Casillas, vente con nosotras y no llores más. Os los dejan ver por la noche.

La chica estaba con varias crías de su edad. La mayoría no llegaba ni a los veinte años.

—¿Qué hacéis aquí? Sois todas muy jóvenes.

Adelina se encogió de hombros.

—Un cerdo de mi barrio me acusó de reorganizar las juventudes comunistas, pero yo ni me encontraba en Madrid. Mi padre nos había enviado a mi hermana y a mí al pueblo.

Nos sentamos a la sombra. Habíamos desayunado un café frío y un trozo de pan duro, aunque no me preocupaba el hambre. Lo que quería era estar con mi pequeño.

Los primeros días en aquel infierno fueron terribles. Al niño lo veía solo por las noches, y el resto del tiempo nos obligaban a trabajar cosiendo uniformes para el ejército. No sabía cuál era mi condena ni el tiempo que tendría que permanecer allí. No tenía forma de comunicarme con el exterior, hasta que un domingo fui a misa. Al finalizar la ceremonia, me acerqué a una de las hermanas, sor Susana. La monja se mostró muy amable.

—Hermana, tengo que contactar con alguien. Nadie sabe que estoy en la cárcel.

La monja era joven, llevaba unas gafas redondas y algunos mechones rubios se le escapaban de la cofia.

—No se puede contactar con el exterior, al menos por ahora.

—Por favor, es un mensaje para un pastor protestante.

La monja me miró sorprendida, pero luego dijo:

—Claro, es usted alemana.

Le entregué una carta para los Fliedner. No sabía cuál era su situación, aunque abrigaba la esperanza de que pudieran interceder por mí.

Al domingo siguiente, tras el oficio, me acerqué discretamente a la monja.

—Les di su carta, parecen gente muy amable. Me dieron esto para usted —me dijo mientras me entregaba un sobre que se sacó del bolsillo.

—Gracias, hermana —le contesté entre lágrimas.

La monja me llevó con el resto a tomar un poco de chocolate, la recompensa para las que asistían a misa voluntariamente. Mientras lo comía con avidez, me confesó:

—No me gusta lo que pasa en este lugar, pero pensé que sería un buen sitio para servir. Al principio odiaba a todas esas rojas, pero usted parece diferente.

La miré sorprendida.

—¿Por qué las odiaba?

La mujer intentó disimular las lágrimas.

—Pertenecía a la orden de las adoratrices, que teníamos nuestra casa en la calle Princesa, pero tras el golpe de Estado los milicianos ametrallaron la fachada y tuvimos que escondernos en casas de familiares. Después logramos reagruparnos todas en un piso. No vestíamos el hábito para que no nos descubrieran. Al cabo de unos meses, durante un bombardeo, cuando nos dirigíamos al refugio, unos milicianos nos reconocieron y nos llevaron a la checa de Fomento. Nuestro delito era ser religiosas.

La mujer apenas podía hablar.

—Allí violaron a las más jóvenes. Fue terrible. A mí no me atraparon, logré escapar junto con otras tres hermanas. Nos resguardaron unos buenos cristianos, pero dieron con nosotras unos meses después. Tras violarnos, nos fusilaron en el cementerio de la Almudena, pero cuando iban a rematarnos llegaron algunos policías y se marcharon. Uno de los policías vio que yo aún estaba viva y me llevó al hospital. Después logré pasar al bando nacional. He sido enfermera y ahora estoy en esta cárcel.

El testimonio de aquella mujer me dejó impresionada. Había escuchado lo que habían hecho algunos milicianos con los religiosos y las religiosas, pero nunca llegué a conocer a una de las víctimas.

—Lo siento mucho.

—Ya he perdonado, es la única manera de sanar el alma. El perdón libera más al que perdona que al que lo recibe, se lo aseguro. No sé si estas mujeres son las esposas de mis torturadores o violadores, pero he decido amarlas con toda mi alma. ¿Le parece una locura?

Negué con la cabeza y ella me sonrió.

—Espero que tenga suerte —me dijo antes de regresar a la cocina. Yo apreté dentro del bolsillo del uniforme el sobre de Teodoro y me marché a mi celda con la esperanza de que pudieran sacarme de la cárcel y reunir de nuevo a toda mi familia.

47

Otoño de 1939

La carta de Teodoro no era muy esperanzadora.

Estimada Bárbara:

Lamento mucho tu situación, creíamos que ya no estabas en España. Imagino que sabes lo que está pasando fuera de los muros de esa cárcel. Ha estallado la guerra en Europa, Alemania ha invadido Polonia y sus aliados han entrado en el conflicto. Nosotros, que acabamos de terminar una contienda, tenemos muy presente lo terrible que es, pero nuestros hermanos alemanes, que todavía recuerdan la Gran Guerra, han vuelto a caer en el mismo error. Sabemos que son los políticos los que comienzan las guerras, esperemos que esta sea corta y poco cruenta.

Mis hermanas y otros familiares están fuera de España, algunos en Suiza y otros en Alemania. Les está costando regresar, las fronteras están cerradas a cal y canto.

No quiero importunarte más con mis problemas. Tras recibir tu misiva, indagué la situación de tu querido esposo Juan. Al parecer, en menos de una semana lo juzgarán en la plaza de las Salesas. Lo acusan de sublevarse y de apoyar la República, además de reprimir a gente inocente durante la guerra y de firmar sentencias de muerte. Ya sabes que el papel lo soporta todo y, por lo que he podido hablar con su abogado, un capitán que conocemos bien, el fiscal no tiene nada en su contra, pero eso no impedirá que lo condenen. La buena noticia es que no será a muerte, aunque también me he enterado de que está enfermo de tuberculosis.

En cuanto a tu situación, lo único de lo que se te acusa es de falsificación de pasaporte. Imagino que pronto se celebrará tu juicio y saldrás de inmediato tras pagar una multa.

Deseo que pronto podamos vernos y logres reunir a toda tu familia. Estás en nuestras oraciones.

TEODORO FLIEDNER

Por un lado, me tranquilizó saber que Juan estaba vivo y que su delito no era tan grave para que le condenasen a muerte, pero me dejó muy preocupada que estuviera enfermo de tuberculosis. Con respecto a mi caso, no me importaba tanto, pero no quería que mi hijo se criara en aquel ambiente.

Unos días más tarde, ya de noche y mientras hablaba con mi compañera de celda, Matilde, me di cuenta de que aún no me habían traído a mi hijo y le pregunté a la carcelera por él. La mujer me miró con cierto desdén y me dijo:

—Vinieron las del Auxilio Social para llevárselo. ¿No lo sabías?

—¿Por qué se lo han llevado? ¿Estaba enfermo?

La mujer se echó a reír.

—No, tonta. Las madres rojas sois una mala influencia. ¿Quieres que tu hijo crezca con el estigma de una madre asesina?

Al principio pensé que aquella mujer únicamente quería torturarme con sus comentarios.

—El doctor Vallejo-Nájera está investigando lo que él llama el «gen rojo». Míralo por el lado bueno, lo vuestro es una enfermedad.

—¿Dónde está mi hijo? —le pregunté desesperada mientras golpeaba la puerta.

—Se lo han dado a una buena familia, para que lo críe como Dios manda. Y ahora, ¡cállate, puta roja!

La carcelera cerró la cancela y me di la vuelta. Mi compañera me abrazó para que me tranquilizase. Se habían llevado a mi hijo por segunda vez y lo único que quería yo era morirme.

Madrid, 23 de diciembre de 1939

Nunca pensé que una se pudiera acostumbrar a estar muerta en vida, y así era exactamente como me sentía yo. Desde el secuestro de mi pequeño vagaba por la cárcel como si no tuviera aliento en mí. Sor Susana me traía algunos dulces para intentar animarme, pero apenas me movía de mi celda. Había perdido mucho peso y mi compañera había conseguido ser liberada en el consejo de guerra celebrado unas semanas antes.

—Tiene que comer y ponerse fuerte, mañana es el juicio. Si sale de la cárcel podrá reclamar a su hijo.

La miré con cierta indiferencia. Sentía como si mi cerebro hubiera dejado de funcionar.

—Se lo aseguro, yo misma intercederé por usted. También le he mandado un escrito al tribunal para que la suelte cuanto antes. Confíe en Dios.

Aquellas palabras me resultaban tan huecas y vacías… En los últimos años no había hecho otra cosa y eso no impidió la detención de mi esposo, que llevaba meses en la enfermería de su cárcel, y el secuestro de mi hijo, aunque ellos lo llamasen adopción.

—Hermana, no tengo fuerzas.

La monja se sentó a mi lado y me incorporó un poco antes de hablar:

—Debe luchar por su familia. La vida no ha sido fácil para nadie. Entienda que la única forma de conseguir que todo cambie es luchar. No puede rendirse ahora.

La hermana se marchó una hora más tarde. Aquella noche descansé por primera vez en mucho tiempo, de alguna manera contribuyó a que mi alma tuviera algo de sosiego.

Al día siguiente, varias compañeras me ayudaron a acicalarme. Echaba mucho de menos a Adelina. Junto con otras doce jóvenes, fue fusilada en el mes de agosto. No entendía por qué yo me podía salvar y aquellas casi niñas tuvieron que morir de una manera tan cruel.

Me dieron mi vestido. El cabello me había crecido mucho y me lo recogí en un moño pequeño. Me puse unos zapatos y, al mirarme en uno de los espejos oxidados del baño, me di cuenta de lo mucho que había envejecido en poco tiempo.

—Tienes que salir de aquí —me dije ante el espejo. Después regresé a mi celda y, cuando los policías vinieron para llevarme al juzgado, me sentía más fuerte que nunca.

Me gustó ver de nuevo las calles de Madrid. Recordé mi librería de unos años antes, todas aquellas ilusiones perdidas. Aparcamos frente al juzgado y subí la corta escalinata. El bullicio me mareaba, acostumbrada como estaba desde hacía meses a las cuatro paredes de mi celda y al taller, el comedor, la capilla y las duchas de la cárcel, como si mi cerebro hubiera olvidado que tras aquellos muros el mundo seguía su ritmo frenético.

Pasamos a una sala en la que me esperaban dos secretarios, el juez, mi abogado, al que únicamente había visto en una ocasión, y el fiscal. Y como público, solo Teodoro Fliedner.

Me senté en el banquillo de los acusados por primera vez en mi vida. Sabía que era inocente y que el juez tendría que darme la razón, pero no tenía mucha fe en la justicia.

El capitán Álvaro Soto Burgos, mi acusador, me miró de reojo y después se dirigió al señor juez.

—Ilustrísimo señor, el caso que hoy nos reúne aquí es muy simple. Bárbara Spiel, hija de un famoso diputado socialdemócrata alemán, es una traidora a su patria y una espía. Escapó de Alemania en 1933, seguramente por ser comunista, se casó con el diputado socialista Juan Delgado, acusado de crímenes de guerra, y abrió una librería libertaria en la ciudad. Además es protestante, seguidora del fornicario Lutero, pero esto son solo oropeles, adornos de su biografía. La acusada fue detenida en la frontera de Portugal cuando pretendía huir al país vecino. ¿Por qué escapó? En primer lugar, porque era una espía al servicio del gobierno británico; en segundo lugar, porque su marido era un criminal; en tercer y último lugar, porque se había hecho con una buena suma de dinero, fruto de su trabajo contra el Estado. Por eso pedimos que la acusada sea condenada a la pena máxima de muerte, el castigo que se dispensa a los espías y los traidores.

En cuanto el fiscal se sentó, mi abogado se puso en pie.

—Ilustrísimo señor. Bárbara Spiel quizá sea alguna de las cosas que ha dicho la fiscalía, pero no es ni una espía ni una cómplice de crímenes. Su esposo se autoinculpó y asumió la falsificación de los pasaportes por la que fueron detenidos al escapar. Ella hubiera podido salir sin problemas del país con su hijo al ser alemana. El gran pecado de la acusada es que se enamoró del hombre equivocado, aunque diremos en su defensa que, cuando contrajeron matrimonio, él no era todavía miembro del Gobierno republicano. Tengo aquí dos declaraciones que hablan de las virtudes de la acusada, antes de ser encarcelada y ya en la cárcel. Sor Susana nos manifiesta que es una buena cristiana y una buena madre, que no debería estar en prisión y que deberían devolverle a su hijo, dado en adopción hace ya algunos meses.

El fiscal intentó protestar, pero el juez no lo aceptó.

—El otro testimonio es del director del colegio El Porvenir, nieto de Federico Fliedner, un hombre que vino a España para abrir escuelas —continuó mi abogado—. Esta familia ha servido a la ciudad de Madrid durante generaciones, son personas de reconocida honorabilidad. El señor Fliedner afirma en su escrito que Bárbara Spiel siempre tuvo un comportamiento ejemplar y que no debe ser retenida bajo acusaciones sin fundamento. Justo a eso quería referirme ahora. ¿Qué pruebas hay de su supuesta colaboración con el gobierno británico? Unos pasaportes falsificados y unas libras esterlinas. Ambas cosas se pueden conseguir en el mercado negro sin demasiada dificultad, aunque su esposo ya ha reconocido que tanto el dinero como los documentos eran suyos. ¿En qué crímenes ha colaborado la acusada? Ha sido maestra, cuidadora de niños y ancianos durante la guerra, librera y madre. Solicito su inmediata liberación y el reconocimiento por este tribunal de que es apta para que le devuelvan a su hijo.

El juez se tocó el mentón y se dirigió a mí.

—¿Sabe que se encuentra bajo juramento?

—Sí, señor juez.

—¿Es cierto que no ejerció ninguna labor de espionaje a favor del gobierno británico?

Miré al juez. Era un hombre de cierta edad, de esos que con la mirada son capaces de leerte la mente y evaluar tu conciencia.

—No he facilitado ningún tipo de información al

gobierno británico —afirmé sin vacilar, ya que así había sido.

—¿No ha colaborado con su esposo en los crímenes que se le imputan?

—Mi esposo se encargaba del abastecimiento de alimentos en el bando republicano, nunca tomó las armas ni mandó asesinar a nadie.

El juez alzó el mazo y, antes de dar el golpe que cerraba la sesión, dictó la sentencia:

—Declaro a doña Bárbara Spiel, señora de Delgado, inocente de todos los cargos y ordeno su inmediata liberación.

El fiscal intentó levantar la voz, pero el juez le ordenó que se callase.

—¿Le dará un certificado para que recupere a su hijo?

El juez miró a mi abogado con cierta apatía.

—No está de suerte, letrado. No estamos aquí para dirimir si la acusada es o no es una madre capaz. ¡Se levanta la sesión!

El alguacil me desató las manos. Sor Susana, que había llegado en el último momento, me abrazó. Le presenté a Teodoro, con quien después me marché a un pequeño piso que me habían alquilado para que demostrara ante el juez que podía mantener y cuidar a mi hijo.

—Muchas gracias por todo —le dije cuando entramos en el coche.

El hombre negó con la cabeza.

—La ayudaremos a recuperar a su familia.

Las palabras de aquel buen hombre me llenaron de esperanza. Cuando llegamos al pequeño piso y vi allí a su prometida y a otras profesoras, me emocioné. Aquella era mi familia, aunque por alguna razón nunca me había dado cuenta de ello antes.

Al día siguiente, presentamos ante el Auxilio Social y un juzgado la petición para la recuperación de la patria potestad. Nos informaron que jamás se había devuelto a ningún niño entregado a una «buena familia», por el bien del menor.

Mientras miraba al funcionario a quien presentaba el impreso, le contesté:

—No se preocupe, estoy acostumbrada a los milagros.

Elfriede me propuso que la volviera ayudar en la librería mientras intentaba recuperar a mi familia. Una vez más, los libros iban a salvarme la vida.

49

Madrid, 28 de abril de 1940

No pudimos mantener la librería abierta mucho más tiempo. Un año antes se había producido una terrible quema de libros en Madrid, en la Universidad Central. Fue organizada por Antonio de Luna García, secretario de Educación de la Falange, junto con otros falangistas notorios. El maestro de ceremonias fue un cura llamado Fermín Yzurdiaga. Muchos libros de autores conocidos ardieron en la hoguera aquel día, algunos por comunistas y otros por librepensadores.

Durante la guerra y al finalizar esta, decenas de libreros, editores y escritores fueron depurados o pasados por las armas. Unos pocos lograron huir.

La misma suerte corrieron algunas bibliotecarias, como Juana María Capdevielle San Martín, que fue fusilada embarazada de su primer hijo, o María Moliner, que únicamente resultó expedientada. Lo más triste es que, entre los inductores y promulgadores de la quema de libros, se encontraban muchos obispos y sacerdotes, como si estuvieran intentando resucitar la Inquisición.

Ahora era el turno de la Librería Nacional y Extranjera. Las autoridades no nos quemaron los libros, pero nos cerraron la tienda. Al principio, Teodoro pensó en seguir vendiéndolos en la iglesia episcopal de la calle Beneficencia, pero Elfriede y yo consideramos que sería muy peligroso. Un librero de viejo vino a la tienda para hacerse con los libros, aunque solo se llevó unos pocos; el resto los ordenamos y los almacenamos en los sótanos del colegio.

La España que trajo el nuevo régimen era sin duda la más retrógrada de los últimos doscientos años. La represión había cesado en parte, pero miles de familias continuaban separadas y decenas de miles de personas se hacinaban en cárceles y campos de concentración.

Juan fue destinado a la construcción del Valle de los Caídos, una especie de mausoleo megalómano que el general Franco había proyectado en la sierra de Madrid con la excusa de honrar a los muertos por España.

Por un lado, aquella era una buena noticia, porque los domingos podía ir a visitarlo; por el otro, el esfuerzo físico tan extenuante de los trabajos forzados podía acabar con su vida. Ya estaba recuperado de su tuberculosis, pero continuaba muy débil.

Aquella sería la primera vez que nos veríamos desde nuestra detención, casi un año antes. Antes de entrar en la sala en la que me esperaba Juan, nos cachearon y registraron el paquete con comida que le llevábamos. Me acompañaba Teodoro, que antes se había pasado por su orfanato en El Escorial.

En cuanto me vio entrar por la puerta, se puso en pie y me abrazó. Lo encontré muy delgado, pero moreno por el sol y el aire de la sierra.

—¡Dios mío, qué alegría! —exclamó emocionado, y después le tendió la mano a Teodoro—. Gracias por todo lo que ha hecho por nosotros.

—Lo importante es que salga de aquí cuanto antes. Estamos intentando apelar su condena —dijo Teodoro.

—Gracias —dijo de nuevo, y después me tomó de las manos.

—¿Qué sabes del pequeño?

Aquella pregunta me atravesó el corazón. Cada vez que me hablaban de mi hijo sentía como un pinchazo en el pecho.

—No hemos adelantado demasiado. No han querido decirnos dónde está o cuál es su familia de adopción, ni siquiera si está en Madrid.

—¡Es increíble!

—Hay que tener paciencia —dijo Teodoro para calmar los ánimos.

—Vamos a intentar que un obispo interceda con el Auxilio Social. Leopoldo Eijo y Garay.

—Ese hombre se pronunció abiertamente contra la República y ofició la misa de la Victoria en Madrid.

Miré nerviosa a Juan. Aún no me creía que lo tenía ante mis ojos.

—Precisamente por eso podremos conseguir un indulto para usted y a la vez recuperar al niño. Tenemos un amigo en común y mañana iremos a verlo a su palacio.

La Iglesia católica no había tenido tanto poder desde la época de los Austrias, pero había pagado un alto precio en sacerdotes y religiosos asesinados. Todavía se estaban contabilizando las víctimas, que ya superaban ampliamente las seis mil.

Antes de despedirnos volvimos a abrazarnos. Sentir de nuevo su cuerpo pegado al mío me proporcionó una sensación inexplicable. Eché a llorar y lo estreché con fuerza entre mis brazos.

—Pronto estaremos juntos —me dijo acariciándome el pelo.

No tenía ninguna duda, yo era capaz de cualquier cosa para recuperar a mi amor. Salimos de la sala y durante el camino de vuelta apenas proferí una palabra. Observaba los bosques de pinos y las praderas de encinas. Las vacas habían vuelto a las dehesas y el país recuperaba poco a poco su vitalidad, aunque siguiera escaseando casi todo.

Más de medio millón de muertos vertieron su sangre sobre aquel hermoso paisaje; España ya no sería la misma. Si las heridas de una guerra perduran durante generaciones, las de una guerra civil no cicatrizan jamás.

50

Madrid, 15 de mayo de 1940

Llevaba meses yendo a la sede central del Auxilio Social y siempre recibía las mismas respuestas. Estaba desesperada y por ello decidí visitar a sor Susana. Ella podría intentar descubrir qué habían hecho con mi niño.

—Los datos son secretos, es difícil que pueda averiguar nada —me comentó la monja en un café cercano a su convento.

—Necesito ver a mi hijo.

Sor Susana se encogió de hombros. No quería saltarse las normas, las había cumplido toda la vida.

—Estoy desesperada y no sé qué puedo hacer. Le pido ayuda, hermana.

—Puedo hacer algo por usted. La acompañaré a la oficina, intentaré distraer a la persona encargada y usted mientras tanto haga lo que crea conveniente.

—Muchas gracias —le dije. Sabía que para ella era muy difícil arriesgarse así por una casi total desconocida, una supuesta colaboradora de los que tanto daño le habían ocasionado.

Al día siguiente nos presentamos en las oficinas de Auxilio Social. Me parecía increíble que una organización que supuestamente se había creado para ayudar a los más necesitados, en especial a los niños, ahora los robara para dárselos a otras familias.

La responsable nos recibió al ver que iba acompañada de una religiosa. Ya había observado que al lado de su despacho se encontraba el archivo. Si lograba llegar allí, en unos segundos descubriría la dirección de los padres adoptivos de Jaime.

Sor Susana se mostró muy agradable con la funcionaria y, cuando esta nos ofreció un té, lo aceptó. La mujer fue a pedir a su subalterna que lo preparase y yo aproveché para introducirme en el archivo. En un par de minutos di con la ficha de mi hijo, pero justo en ese momento escuché la otra puerta. Sor Susana se levantó y habló con la responsable en el pasillo para darme más tiempo. Apunté la dirección y los nombres de los padres, cerré el cajón y regresé a mi asiento justo a tiempo.

—Muchas gracias por el té —le dijo la monja.

—Siento no poder ayudarlas, pero hasta que un juez no lo autorice no les puedo facilitar la información. Ojalá se resuelva todo este embrollo. Doña Bárbara es una buena mujer y se ve que quiere a su hijo.

Aquel comentario me hirvió la sangre.

—He conocido a muy pocas madres que no amen a sus hijos y que no estuvieran dispuestas a hacer cualquier cosa por ellos —dije—. Robarle a una madre sus criaturas es el mayor pecado que se me ocurre. Dios se lo tomará en cuenta.

Sor Susana me miró para que me callase, pero la funcionaria ni se inmutó.

—Esas rojas no son como nosotros. El doctor Antonio Vallejo-Nájera lo deja muy claro en sus estudios.

—Dios no hace acepción de personas. ¿Es que nunca ha leído la Biblia? —le dije mientras me levantaba indignada.

—Bueno, el mundo no es perfecto y no se pueden cumplir todos los preceptos de Nuestro Señor —contestó la funcionaria.

—Como amar a nuestros enemigos —le dije intentando controlar mi ira.

La mujer se soliviantó y se puso en pie dando por terminada la visita.

Yo me tomé mi tiempo, me puse en pie y salimos del despacho. En la calle, sor Susana parecía todavía algo nerviosa por la situación.

—Siento lo ocurrido, hermana.

—La entiendo, me pongo en su lugar, pero esa actitud no hará que recupere a su hijo. Han perdido la guerra y ahora para gente como esa mujer son ustedes como apestados y no creen que tengan derechos, porque antes los republicanos se los quitaron a personas como ella, como a mí cuando estaba en Madrid.

—Dicho de otra manera: esa gente me odia.

La monja afirmó con la cabeza.

—Y, en cierto sentido, con razón, ya que no distinguen entre los que cometieron esos crímenes y los que simplemente los presenciamos en silencio —concluí.

—Le deseo lo mejor, Bárbara.

Nos abrazamos. En un mundo distinto hubiéramos sido amigas, pero en el que nos tocaba vivir se nos obligaba a ser enemigas irreconciliables.

—¡Gracias!

Me alejé de la monja con el corazón lleno de esperanza. No confiaba en un régimen como aquel, pero ahora tenía un plan para cambiar mi destino y no cejaría hasta llevarlo a cabo y recuperar a mi familia.

51

Madrid, 25 de mayo de 1940

No quería involucrar a mis amigos del colegio en mis planes, pero necesitaba algo de ellos. Teodoro conocía a mucha gente en la sierra de Madrid por su orfanato en El Escorial. Necesitaba a un hombre de confianza que nos guiara por el monte hasta la zona de Segovia. Allí había logrado pagar a un conductor para que nos llevara a Zaragoza, donde mi hijo vivía. Después de liberarlo, intentaríamos cruzar la frontera con Francia. Los franceses estaban demasiado ocupados intentando resistir a los alemanes y el control de la frontera sur se había relajado. Teodoro conocía a gente en Navarra que podría introducirnos en el país vecino. Después, solo Dios sabía qué sería de nosotros.

Los planes parecen muy sencillos sobre el papel, pero sabía que llevarlos a la práctica no resultaría tan fácil.

Los domingos eran días muy tranquilos en Cuelgamuros. Los trabajadores que estaban construyendo la Cruz de los Caídos iban a misa y pasaban el día con sus familias. No se hacía el recuento hasta la noche, por lo que, si lográbamos escapar y llegar en dos horas al otro lado de la montaña, cuando se dieran cuenta estaríamos ya en Sigüenza, y en otras dos en Zaragoza.

Teodoro me llevó en coche hasta Cuelgamuros, pero me apeé mucho antes de llegar al recinto carcelario. Llevaba una mochila y, debajo de la falda, unos pantalones para caminar y unas botas de montaña. Juan y yo pasamos una media hora en el salón de visitas, comimos algo y después paseamos por el recinto. El hombre que nos iba a acompañar por la sierra había abierto un agujero en la alambrada. En cuanto nos internamos en los árboles y llegamos a la valla, no nos costó mucho cruzarla. Unos doscientos metros más al norte nos esperaba el guía.

—Hola, soy Marcos, estudié en el orfanato de los Fliedner. Espero que logren escapar de esta cárcel.

—Muchas gracias —le dijo Juan tras darle la mano.

Marcos le entregó unas botas de montaña a mi esposo y nos pusimos a caminar a toda prisa.

—Es mejor que nos alejemos a buen ritmo. Ahora es subida y parece duro, pero la bajada es mucho peor.

Seguimos el consejo de Marcos. En una hora estábamos en el collado y comenzábamos a descender. Al principio parecía sencillo, pero cuando nos adentramos en un desfiladero las cosas se pusieron mucho más difíciles. Las rocas se movían y era fácil perder el equilibrio y caer a un riachuelo que corría con fuerza en esa época del año.

Estábamos sorteando todas las dificultades con una cierta facilidad cuando me escurrí. Las piedras pulidas parecían un tobogán y no pude aferrarme a nada. Cuando mi cuerpo entró en contacto con el agua helada creí que me podría agarrar a una rama o una roca, pero la corriente me arrastraba.

Mi esposo y el guía descendieron a la carrera y vadearon el riachuelo para sacarme de allí. Estaba tragando mucha agua y mis fuerzas comenzaban a flaquear. Cuando comenzaba a hundirme, una mano tiró de mí y me sacó. Al girarme vi a Juan. Me quitó la chaqueta y me dejó la suya.

—No podemos secarnos, el sol lo hará.

El guía parecía muy seguro de sus palabras, pero yo no dejaba de temblar. Una hora más tarde ya me encontraba completamente seca.

Llegamos a San Rafael en el horario previsto. Estábamos agotados, pero la esperanza de escapar y de reunir a toda la familia nos proporcionaba las fuerzas que necesitábamos.

—Muchas gracias por tu ayuda. Ten cuidado —le dije a nuestro guía.

—Que Dios os guarde —nos contestó.

Subimos al coche. Cosme, el conductor, también conocía a Teodoro y a su familia; su hijo estaba en el internado en Madrid. El hombre era taxista en Segovia y se había tomado el día libre para llevarnos hasta Zaragoza. Afortunadamente ya no había controles en las carreteras, pero la guardia civil podía detener el vehículo en cualquier momento. Mi esposo era un prófugo de la justicia y yo acababa de salir de la cárcel. Cosme corría un claro peligro.

—No pararemos hasta Zaragoza. Pasarán la noche en la casa de unos amigos de los Fliedner —nos informó el conductor.

El camino no se nos hizo muy largo, estábamos deseando poner la mayor tierra de por medio posible entre nosotros y Madrid. Llegamos casi de noche a la ciudad y Cosme nos dejó en una casa muy cercana a la catedral. Tras despedirse, regresó a Segovia.

Llamamos a la puerta del edificio. No era muy alto, únicamente de tres plantas. Una mujer salió a abrirnos, nos dejó pasar y nos ofreció su baño para que nos aseáramos y cambiásemos. Habían preparado ropa limpia para nosotros.

Cuando salimos a cenar, el olor a sopa caliente nos hizo rugir las tripas. Un hombre calvo de baja estatura leía el periódico.

—Buenas noches, soy Federico Escartín y esta es su casa.

—Muy amable.

—Pertenecemos a una congregación que ahora mismo no se puede reunir, pero en cuanto Teodoro nos pidió el favor y nos contó su historia, no dudamos en ayudarles.

Juan no entendía por qué esa gente se arriesgaba por nosotros. Él ni siquiera era cristiano, pero intuía que les movía algo inexplicable.

La mujer salió del cuarto en el que había dormido a sus hijos. El matrimonio eran relojeros y en la planta baja tenían el taller y la tienda.

—Hemos pensado que necesitarán un transporte para los Pirineos. Teodoro habló con un conductor, pero se ha echado para atrás. Les llevaré yo. Desde aquí son unas cinco horas, aunque saldremos pronto y el guía podrá pasarlos al otro lado de la frontera mañana mismo, antes de que oscurezca.

—Muchas gracias, nos sentimos tan agradecidos… —le dije al hombre.

—Hija, sabemos lo que es tener hijos, nosotros haríamos lo mismo por ellos —me respondió la mujer, que se llamaba Teresa.

Tras la cena nos fuimos a dormir. Estábamos agotados y aún quedaba la parte más peligrosa de nuestro plan.

Nuestro hijo había sido adoptado por un alto cargo de la Falange en Aragón. Todos los días lo llevaban a un colegio jesuita y aquel parecía el mejor sitio para sacarlo y escapar hacia Francia.

Mientras Juan roncaba a mi lado, yo no podía dejar de pensar en mi pequeño. Esperaba que me reconociese, habíamos pasado demasiado tiempo separados. Temía que la policía, al descubrir la fuga de mi marido, se pusiera en contacto con la familia adoptiva, pero aún debían estar buscándolo por la sierra. Por eso era imprescindible que antes de veinticuatro horas hubiéramos recuperado a nuestro hijo y huido del país.

La noche se me hizo eterna. No pude dormir ni un segundo, aunque por la mañana no sentía cansancio. Mi mente y mi cuerpo estaban focalizados en una única cosa: rescatar a mi hijo y escapar de España.

52

Zaragoza, 26 de mayo de 1940

El colegio de San Agustín se encontraba a dos kilómetros de la casa de Federico. Aquel día, su mujer llevó a sus hijos a la escuela y nosotros salimos hacia el colegio del nuestro. Aquel hombre sabía que arriesgaba su vida para ayudarnos, pero aun así estaba dispuesto a hacerlo.

Llegamos al inmenso edificio de estilo neomudéjar que albergaba a decenas de estudiantes. Íbamos bien vestidos y los padres acaban de dejar a sus hijos. No parecíamos sospechosos. El conserje nos dejó pasar y, cuando preguntamos en la recepción por Jaime, el religioso nos indicó de inmediato el aula en la que se encontraba.

—¿Por qué les interesa ese niño? —preguntó el religioso.

—Venimos de Madrid para verlo, somos muy amigos de su familia —le contesté, sin entrar en más explicaciones.

—No pueden verlo hasta que lo recojan sus padres. Suele venir don Fermín con su escolta.

—Gracias, muy amable.

Hicimos como si nos dirigiéramos a la salida, pero nos metimos por el pasillo principal, que afortunadamente estaba vacío, hasta dar con el aula. Ya en la puerta, pusimos en práctica nuestro plan.

Juan tiró de la alarma contraincendios y en menos de un minuto el corredor se llenó de niños y de los profesores que los llevaban al patio principal. Esperamos a que saliera nuestro hijo y, en cuanto pisó el pasillo, lo cogí en brazos. Al principio me miro algo sorprendido, después se puso a llorar.

Uno de los profesores se acercó a mí y me preguntó qué hacía.

—El niño está enfermo, vengo a llevármelo.

El hombre me miró algo extrañado, pero en medio de la confusión no se cuestionó que pudiera estar mintiendo.

—Pues salgan de inmediato, ha saltado la alarma de incendios.

Saqué al niño en brazos. Juan me seguía a unos metros de distancia para no levantar sospechas.

Al salir por la puerta principal, el conserje me ordenó que me detuviera, aunque no lo hice. Corrió detrás de mí, pero Juan le propinó un puñetazo y un minuto más tarde estábamos en el coche, huyendo a toda velocidad de la ciudad.

Federico tomó la carretera principal que llevaba a los Pirineos, pero unos kilómetros más adelante continuó por vías secundarias. El padre adoptivo era un hombre muy poderoso y enseguida pediría que cerrasen las carreteras cercanas a Zaragoza.

Yo no dejaba de besar y abrazar al pequeño, que parecía aturdido hasta que de repente me miró fijamente y me dijo: «Mamá».

Aquella palabra fue la más dulce que jamás había escuchado. Cuánto había anhelado oír su voz y ver de nuevo aquella carita.

Juan le tocó el pelo y después le besó en la frente. «¡Papá!», exclamó como respuesta.

Las lágrimas brotaban de los hermosos ojos de mi marido. Por fin estábamos juntos de nuevo, pensé, mientras el paisaje iba cambiando poco a poco. Dejábamos atrás los parajes desiertos que rodean Zaragoza y nos adentrábamos en vegas fértiles que más tarde se transformaban en colinas y bosquecillos preciosos.

Cuando llegamos a Navarra atravesamos grandes extensiones de cereales. Después de Pamplona, el paisaje cambiaba de nuevo hasta convertirse otra vez en bosques de hayedos preciosos que parecían protegernos con sus majestuosas ramas.

Comenzamos a subir hacia Urtasun, el pueblo donde nos recogería el nuevo guía. Sin embargo, justo en la entrada nos paró una patrulla de la Guardia Civil.

Federico detuvo el coche algo nervioso. Sabía que podíamos terminar todos en la cárcel.

—Buenas tardes, ¿adónde se dirigen? Están muy cerca de la frontera.

—Lo siento, nos hemos perdido —respondió Federico.

—¿Adónde van? —preguntó de nuevo el guardia civil mientras nos observaba a todos detenidamente.

—Nos dirigíamos a Roncesvalles, pero creo que nos hemos equivocado de carretera.

—Efectivamente —dijo el guardia civil—. ¿Ustedes no son de aquí?

—No, venimos de Huesca —comentó Federico, una tía nuestra ha muerto.

—Su matrícula es de Zaragoza —repuso el policía.

En ese momento el niño se puso a llorar. El guardia civil nos miró a todos de nuevo y milagrosamente nos dijo:

—Continúen, pero no se acerquen a la frontera. Tanto de nuestro lado como desde el otro pueden terminar tiroteados, hay mucha tensión en Francia. Los gabachos están perdiendo la guerra y se dice que pedirán la paz en cualquier momento.

Aquella noticia casi hizo que me desmoronase. Estábamos a punto de entrar en un país que iba a caer en manos de los nazis, pero a aquellas alturas ya no podíamos hacer otra cosa.

Mi amiga Françoise Frenkel se había trasladado a París en 1939. Al comienzo de la guerra decidió marcharse más al sur, a Aviñón. Como polaca y judía, además de librera y progresista, era consciente de lo que podía sucederle si la atrapaban viva los nazis.

El coche se detuvo a unos quinientos metros del pueblo y Federico nos señaló un sendero.

—Tengo que dejarlos aquí. Por esa senda llegarán al lugar que hemos concertado con el guía que les ayudará.

Nos apeamos del vehículo. Nos sentíamos muy agradecidos, a pesar de que aún quedaba una de las etapas más peligrosas del viaje.

—Cuídese —le dijo Juan. El hombre dio marcha atrás y se dirigió de vuelta a Pamplona.

En cuanto nos quedamos solos, sentí un poco de temor. Si el guía no estaba en el punto de reunión, tendríamos que cruzar la frontera por nuestra cuenta. No podíamos regresar.

Anduvimos algo más de dos kilómetros hasta el lugar del encuentro, y allí no había nadie. Nos sentamos en una roca. Hacía buen tiempo, pero se atisbaban nubes negras en el horizonte. El sol tampoco tardaría demasiado en desaparecer.

Escuchamos un silbido y, al girarnos, divisamos a un joven pastor. Era rubio y pecoso, y nos miró con una cierta curiosidad. A continuación, con un acento muy cerrado, se presentó:

—*Kaixo!*, me llamo Ander.

Devolvimos el saludo, pero todavía no sabíamos si era la persona que esperábamos.

—Dense prisa, la noche se acerca. Tenemos que llegar antes al refugio.

Caminamos por los senderos, dejando el pueblo atrás.

—¿Cuánto hay hasta Francia?

El navarro miró a mi esposo.

—Depende de lo que anden. Son cinco horas hasta el pueblo más próximo, unas cuatro para cruzar la frontera.

La marcha era rápida. Juan llevaba al niño y yo, la mochila. Pasamos por un hermoso lago, después por varios miradores. Desde uno de ellos, el joven guía nos dijo:

—Eso que se ve al otro lado del valle es Francia.

53

Francia, 27 de mayo de 1940

Llegamos a Francia una hora más tarde, aunque no nos dimos ni cuenta de que habíamos cruzado la frontera. Las líneas invisibles que marcan a los hombres y dividen a las personas son en realidad más ficticias que los montes con sus árboles, ríos y animales.

—Todavía no están a salvo. Mi familia lleva haciendo esto cientos de años, aunque las fronteras se hayan movido varias veces, pero ahora los franceses están muy tensos y podrían entregarlos a las autoridades. Urepel es el primer pueblo del camino, pero tengo que llevarlos al menos hasta San Juan Pie de Puerto. Allí, con algo de dinero pueden conseguir un transporte hasta Pau. El resto del camino hasta Aviñón será sencillo.

Descansamos en el refugio. Nos quedamos dormidos enseguida, a pesar de la incomodidad del suelo y el cansancio. El niño se había portado bien y en cuanto cenó algo cayó en un profundo sueño.

Por la mañana continuamos la marcha sin incidentes. Evitábamos los núcleos habitados y tardamos más de cinco horas en llegar a Urepel.

Nuestro guía hablaba algo de francés, aunque en la zona entendían el vasco y también el español.

—¿Cuánto les cobrarías hasta Pau? —preguntó a un hombre que tenía una furgoneta Citroën de color gris. Era un panadero de la zona.

—Perdería un día de trabajo y puedo meterme en problemas con los gendarmes. No quieren que ayudemos a los españoles.

—Te pagaremos bien, seguro que no hay problema.

—Está bien, mi abuelita era española, pero que no hablen si alguien nos para.

Asentimos con la cabeza y nuestro guía se despidió de nosotros.

—Que tengan suerte. Mi abuelo ya ayudó a Federico Fliedner en una ocasión. Ojalá la guerra termine y el mundo sea como antes.

—Muchas gracias por todo —le dijo mi esposo.

Subimos al coche y nos alejamos del pueblo. Tres horas más tarde nos sentíamos a salvo, aunque Juan consiguió un periódico y nos dimos cuenta de que Francia podía sucumbir en cualquier momento. Los aliados habían fracasado en su plan de contener a los nazis en Bélgica. El rey Leopoldo estaba a punto de rendirse,

Calais ya había caído y nadie parecía demasiado convencido de que aquello pudiera cambiar mucho.

En Pau tomamos el primer tren que salía en dirección a Marsella. Aviñón quedaba de camino.

Cuando a la mañana siguiente llegamos a Aviñón, estábamos agotados. Buscamos la casa de mi amiga, un pequeño edificio de una sola planta, y llamamos a la puerta. Françoise nos recibió con cara de haberse levantado hacía poco. De su hogar salía un agradable aroma a tostadas y café recién hecho.

—¡Dios mío, lo habéis conseguido! —exclamó en alemán mientras me abrazaba con fuerza.

—¡Qué alegría verte!

—Un niño precioso.

—¿Te acuerdas de Juan?

—¡Cómo para no hacerlo! Aún sueño con los gritos de los SA irrumpiendo en la librería de Berlín, y al despertarme doy gracias porque Juan estuviera allí. —Françoise sonrió a mi marido y lo atrajo hacia nosotras para abrazarlo también a él—. Pero, pasad, por favor.

El pasillo nos llevó a una cocina pequeña pero acogedora. Sobre un hermoso mantel de flores, vimos un café con leche, una cafetera y varias tostadas. Los ojos se nos fueron enseguida hacia la comida.

—Comed, ahora mismo hago más.

Mientras mi amiga preparaba más tostadas, mi hijo devoraba la primera a dos carrillos.

—¿Cómo están las cosas por aquí? —pregunté.

—Muy mal, los franceses no saben luchar, esos malditos nazis están barriéndolos. Todo el mundo cree que se rendirán.

—¡No puede ser!

—Los cachorros de Hitler son unos fanáticos, los franceses no saben ni por qué luchan.

Me quedé en silencio. Después saboreé una de las tostadas.

—Están deliciosas —dijo Juan en francés.

—Gracias.

—¿Qué harás si los franceses pierden? —pregunté a mi amiga.

—Mi familia me ha contado lo que sucede en Polonia. Si hacen lo mismo en Francia, estamos perdidos. Las únicas salidas son intentar entrar en Suiza o ir hasta Marsella y tomar el primer barco que zarpe a América.

—¿Tan mal está todo? —preguntó Juan, algo sorprendido. A pesar de que no hacía ni un año del inicio de la guerra, la ofensiva alemana no había comenzado hasta unos pocos meses atrás.

Mi amiga se encogió de hombros.

—No lo sé, pero siempre es bueno tener un plan alternativo.

Dormimos un poco para recuperar fuerzas. Después escribí una carta para Teodoro, quería que supiera que estábamos bien. Le preguntaba si podía comunicarse con sus contactos en Suiza, porque sabía que tenía familia y buenos amigos en el país.

Por la tarde paseamos por la vieja y hermosa ciudad

de los papas. Françoise nos enseñó el castillo papal y las calles principales. A pesar de que el Mediterráneo estaba alejado de la localidad, sentíamos su influjo por todas partes. Aquellos primeros días nos parecieron unas vacaciones, un *impasse* antes de que una nueva tormenta se desatase sobre nuestras cabezas.

54

Aviñón, 14 de junio de 1940

Los nazis habían bombardeado París y tomado Dunkerque, aunque buena parte del ejercito aliado había logrado escapar. Las tropas alemanas se aproximaban imparables hacia la capital y todo el mundo estaba inquieto. Se rumoreaba que la rendición era inminente y que el Gobierno había huido al sur.

Mi carta a Teodoro llegó pronto y también su respuesta. Para aprovechar el tiempo, también escribió a sus contactos en Suiza.

Unos trescientos kilómetros nos separaban de la frontera. No era mucho, pero las autoridades del país prohibían la entrada de personas sin visado. Si aquella zona de Francia caía en manos alemanas ya no nos sería posible salir del país.

Un par de días más tarde nos llegó a casa un aviso

de que podíamos acercarnos al consulado en Lyon, porque teníamos autorización para irnos a Suiza. Mi amiga Françoise, sin embargo, no había conseguido el permiso.

—Tomad hoy mismo el primer tren a Lyon, yo ya me las apañaré. Soy una superviviente, ya lo sabes.

El comentario de mi amiga no me tranquilizaba. Los nazis estaban a punto de ocupar el país y su situación era muy peligrosa.

—En cuanto lleguemos a Ginebra pediré un visado para ti. Mi amigo Teodoro tiene muchos contactos.

Françoise nos acompañó hasta la estación de tren. Todo el mundo quería ir más al sur, por lo que no nos costó encontrar tres billetes a Lyon. En el andén, antes de subir al tren, me besó.

—He disfrutado mucho de vuestra compañía. Mi vida ha sido muy solitaria estos años, mis únicos compañeros han sido los libros. Pensé que podría abrir una librería aquí, pero la guerra es incompatible con la cultura. Es la mayor muestra de barbarie de la que es capaz el ser humano.

A mi amiga no le faltaba razón. Nos abrazamos y, mientras nuestras lágrimas se mezclaban, le dije en un susurro:

—Cuídate, no dejes que ellos ganen.

Subimos al tren, nos dirigimos a nuestro compartimento y nos sentamos. Françoise se acercó a la ventanilla y nos saludó mientras el convoy se ponía en marcha.

Dos horas de tren no parecían un viaje tan largo tras tantos días de periplo, pero llegar a una ciudad desconocida, en un país extraño, siempre nos llena de incertidumbre.

La población parecía inquieta, mucha gente escapaba a sus casas en el campo o a los pueblos cercanos. Lyon era la localidad más importante de la región y sabían que las tropas alemanas intentarían tomarla.

Nos dirigimos directamente al consulado suizo, pero habían cerrado al mediodía. Aprovechamos para comer algo. Nos quedamos en el restaurante hasta la hora de apertura, pero al ver una enorme fila de personas en la entrada nuestra sorpresa fue mayúscula.

Juan se acercó al soldado que montaba guardia en la puerta y le preguntó si debíamos esperar, ya que teníamos concedido el visado.

—Me temo que sí, señor. Toda esta gente está en la misma situación.

Tres horas más tarde llegó nuestro turno. El niño estaba agotado. Entramos en el edificio y nos atendió un funcionario del consulado.

—Lamento la demora, pero nos hallamos desbordados. Todo el mundo quiere irse de Francia.

—Lo entendemos —le contesté. Nos sentíamos unos privilegiados al poder escapar del país a tiempo.

El hombre nos proporcionó todos los documentos y nos deseó suerte, pero también nos advirtió de que a aquellas horas no salían ni trenes ni autobuses para Suiza. Nos recomendó un lugar donde alojarnos, aunque deberíamos llegar pronto a la estación de tren si queríamos conseguir un billete.

Aquella fue otra de esas noches en vela. En cuanto amaneció, nos dirigimos a la estación, pero no encontramos ningún pasaje. El primer pueblo de Suiza se encontraba a poco más de cien kilómetros.

Nos dirigimos a la terminal de autobuses y tampoco había ni un solo billete disponible. Juan pensó en contratar a un conductor, pero todos estaban ocupados llevando gente a Suiza. Se rumoreaba que las tropas nazis se encontraban a un par de días de la ciudad. Antes de final de mes sería imposible escapar de Francia.

Deambulamos por la ciudad en medio del caos. El temor se había apoderado de toda la gente y al final apostamos por caminar hacia la frontera. Eran más de dos días a pie, pero merecía la pena intentarlo.

Tras cinco horas de marcha estábamos agotados. Llegamos a Chalamont y el pueblo estaba atestado de gente. Vimos un coche con una mujer y dos niños, y lo paramos.

—Por favor, señora, ¿puede llevarnos aunque sea al siguiente pueblo?

La mujer frunció el ceño, pero accedió a dejarnos en Poncin, que estaba casi a mitad de camino. Era de noche cuando llegamos allí, pero al menos el pueblo parecía menos abarrotado. Aun así, no encontramos ningún lugar donde alojarnos. El sacerdote de Poncin había abierto la iglesia para que pudieran dormir allí todos los viajeros que atiborraban aquellos días las carreteras del país. Dormimos sobre los bancos de la iglesia después de cenar un poco de pan con leche.

Por la mañana nos levantamos temprano. Nos quedaban doce horas de camino a pie, aunque con el niño tardaríamos mucho más.

En Saint-Martin-du-Frêne paramos a descansar y a comer algo. Escuchamos unas voces en español y nos acercamos.

—¿Son españoles? —pregunté.

El grupo de hombres nos miró algo sorprendidos. No esperaban encontrarse compatriotas en aquel camino a Suiza.

—Sí, somos cuatro diplomáticos de la República. Escapamos de París hace una semana y queremos entrar en Suiza. Por los tratados internacionales no pueden negarnos la entrada.

—¿Nos acercarían a la frontera?

Sabíamos que el trayecto en coche era poco más de una hora.

—Nos apretaremos un poco —dijo el que parecía liderar el grupo.

Mientras nos acercábamos a la frontera, a pesar del calor que hacía en el coche, veíamos que al final lograríamos salir de aquel infierno. Suiza era como una pequeña isla de paz en medio de aquella guerra terrible.

La frontera se encontraba en Barrage de Génissiat, al otro lado del Ródano, pero había un atasco de dos o tres kilómetros.

—Llegaremos antes a pie —dijeron los diplomáticos.

Abandonamos el coche, como la mayoría de la gente, y una hora más tarde estábamos esperando en la frontera.

Nos acercamos al funcionario algo temerosos de que algún papel no estuviera en regla. Era un hombre mayor con un gran mostacho. Tomó los documentos y los observó unos minutos. Después sonrió y, tras devolvernos los papeles, acarició el pelo de nuestro hijo.

—Bienvenidos a Suiza —concluyó.

Cruzamos el puente, miramos atrás y vimos que los españoles no lograron pasar. En el puente se sucedían las escenas dramáticas y desesperadas. Alcanzamos el otro lado y nos sentamos en un banco. Teníamos que llegar a Ginebra, pero sabíamos que, por fin, después de tantos años y sufrimientos, nos encontrábamos a salvo.

55

Ginebra, 16 de junio de 1940

La familia Martin fue a recogernos y nos llevó en coche hasta Ginebra. Cuando vimos su casita a las afueras de la ciudad, con su aspecto resplandeciente sobre una colina de hierba mullida y brillante, pensamos que habíamos llegado al paraíso. Aquella noche cenamos con aquellos encantadores ancianitos que vivían solos. Habían ejercido de médicos en el hospital de la ciudad y todo el mundo los conocía.

—Espero que les haya gustado la cena —dijo María cuando regresé de acostar al niño.

—Muchas gracias por todo. —Al hablar no pude evitar que dos lágrimas me recorrieran las mejillas. De alguna forma, aquella mujer me recordaba a mi madre.

Juan estaba tomando un café con su marido y nos sentamos con ellos.

—Parece casi irreal que al otro lado de esas montañas estén en guerra —comentó Finn.

Yo había sentido lo mismo en cuanto atravesé la frontera, como si aquellas líneas invisibles que los hombres llamamos fronteras fueran suficientes para contener el bien y el mal que el ser humano es capaz de producir.

—Necesito un visado para una amiga polaca, Françoise Frenkel, que se encuentra en Aviñón.

—El gobierno apenas está emitiendo visados —me dijo el hombre con cierto pesar.

—Es judía y corre peligro.

—Sabemos lo que está sucediendo con los judíos. Lo hemos denunciado ante el Vaticano, ante nuestro Gobierno y ante el de Estados Unidos, pero da la sensación de que no le importa a nadie —contestó la mujer.

A la mañana siguiente, me desperté en una cama de sábanas finas de hilo y el sol entraba por la ventana. Juan estaba sentado en la terraza, en una de las sillas de hierro, y contemplaba las montañas. Me acerqué a él y le besé en la frente.

—El pequeño está desayunando —me dijo—, no quise despertarte.

—He dormido como hacía muchos años. Sin sirenas de bombardeos, disparos, lloros ni gritos. Creo que podría acostumbrarme a esto.

Bajamos a la cocina. El niño tenía los labios blancos de leche. La dulce anciana nos miró con sus ojos azules y nos dijo que nos sentásemos a desayunar.

—He pensado, querida, que podría echar una mano en la librería que hay al lado de la catedral.

Aquella me pareció una idea fantástica, aunque no quería dejar a Juan solo.

—Usted, si le parece bien, podría ayudar en el bufete de abogados de mi hijo Antoine. Toca temas mercantiles, sobre todo —le dijo a mi marido.

—No hace falta, intentaré buscar un trabajo.

—Para empezar podrá trabajar en el bufete, no hay prisa por que se marchen de aquí. Nos sentimos como si hubieran llegado a casa unos nuevos hijos con nieto y todo.

Las semanas se sucedieron felices, mientras la mayor de las tormentas se desataba sobre Europa y poco a poco sobre el resto del mundo. Pensaba en mi familia en Alemania y cómo estaría sufriendo la guerra. Mi padre se encontraba en Londres sano y salvo, aunque los nazis bombardeaban constantemente la ciudad.

No supe nada de Françoise durante tres largos años, hasta que un día, que me encontraba atendiendo la librería, la vi entrar. Estaba muy delgada y la guerra la había envejecido, pero me miró con su media sonrisa y salí de detrás del mostrador para abrazarla.

No hablamos. Simplemente lloramos mientras aquellos segundos me recordaban la larga separación y lo preocupada que había estado por ella.

La llevé a mi casita. Habíamos tenido una niña y Juan ya había recogido a nuestros hijos de la guardería y el colegio. La guerra parecía interminable. Leíamos todo lo que pasaba. En 1943, el final del conflicto aún no estaba claro, pero la entrada de Estados Unidos nos infundía algo de esperanza.

Nos sentamos a la mesa y nos miramos antes de comenzar a comer. Françoise levantó la copa para proponer un brindis.

—¡Por los libros! ¡Para que muy pronto vuelvan a reinar en este mundo loco y eliminen el terrible poder que los hombres han concedido al odio y la muerte!

El sonido de las copas al chocar me evocó aquella primera Navidad en Madrid. Los sueños y los anhelos de la juventud, la vida que nos queda cuando comprendemos que lo que rige nuestro destino no somos nosotros mismos y que el único timón de nuestra existencia es el amor verdadero.

56

Berlín, 12 de junio de 1946

No podíamos regresar a Madrid, pero Suiza era para nosotros una especie de escenario irreal en el que no éramos totalmente felices. Por eso decidimos instalarnos en Alemania. Berlín se encontraba en ruinas y los alemanes, siempre hacendosos, intentaban reconstruirla con aquel afán que siempre han tenido por las cosas perfectas.

Abrimos una pequeña librería en la zona americana. Ofrecíamos una gran variedad de libros en inglés, pero también en alemán y francés. Los editores, por primera vez desde la llegada de Hitler al poder, podían publicar lo que quisieran. El público en Alemania llevaba años secuestrado por el nacionalsocialismo y las librerías se convirtieron enseguida en aquellos lugares donde soñar de nuevo tras despertar de la pesadilla del Tercer Reich.

En la trastienda, en una vitrina en la que guardaba mis libros más preciados, se encontraba el *Martillo de las brujas* para que no se me olvidase hasta qué punto era capaz de odiar el ser humano. A su lado estaba el manuscrito de mis años en Madrid y mis sueños de librera. No estaba segura de que aquel taco de folios mecanografiados viera la luz algún día, pero me gustaba observarlo e imaginar que aquella historia no caería en el olvido.

Juan me ayudaba en la tienda y los niños pasaban la tarde conmigo. Había una pequeña comunidad española que crecía poco a poco y que nos traía noticias de Madrid. La represión y el hambre no habían cesado y la censura continuaba cercenando las mentes, pero soñábamos con regresar algún día. Creíamos que un nuevo mundo se reconstruiría sobre las cenizas del viejo, aunque las potencias ganadoras parecieran empeñadas en lo contrario.

Mientras los últimos rayos de sol incidían sobre el escaparate y yo leía una de las novedades, por un instante pensé en el cielo de Madrid, en aquella claridad cegadora que te hacía sentir tan pequeño y afortunado al mismo tiempo, y recordé las palabras de Antonio Machado:

¡Madrid, Madrid! ¡Qué bien tu nombre suena,
rompeolas de todas las Españas!
La tierra se desgarra, el cielo truena,
tú sonríes con plomo en las entrañas.

Epílogo

Nueva York, septiembre de 2023

Kerri vio su rostro reflejado en el escaparate de la librería. A pesar de que los ejemplares apilados no eran de un libro firmado por ella, no podía sentirse más orgullosa. Alice había logrado que su sello lo lanzara como la revelación del año. Antes de llegar a las librerías, ya había recibido las mejores críticas de los periódicos más prestigiosos.

La joven editora entró en la tienda y se quedó observando a los lectores que se detenían a hojear el libro. Era gente de todo tipo, como si aquella fascinante historia fuera capaz de cautivar el alma de todas las personas.

Después miró las otras novedades y se preguntó: ¿por qué la gente debería comprar precisamente el libro que ella había editado? La respuesta no tardó en llegar: una chica de aspecto universitario comenzó a leer las primeras páginas y ya no pudo parar.

Kerri pensaba que los buenos libros son aquellos que permanecen en el alma después de haberlos terminado, como el sabor de un buen plato en el paladar o el esplendor de un paisaje único.

La joven regresó a su apartamento. Había sacrificado muchas cosas por sus sueños, pero había merecido la pena. Después se preparó un té, encendió el ordenador portátil y comenzó a escribir: estaba decidida a cruzar la estrecha frontera que la separaba del mundo de los escritores.

Mientras sus dedos tecleaban y el murmullo de la ciudad mecía la tarde, Kerri entró en el Palacio de la Novela, en el templo de los libros, y se olvidó por un instante de todo hasta que su alma se disolvió entre las páginas de su libro.

Aclaraciones históricas

La novela está ambientada fundamentalmente en Madrid, pero también transcurre en otras ciudades. La librería francesa en Berlín fue real, regentada por Françoise Frenkel. También la descrita en París y su famosa librera, Sylvia Beach.

Todos los acontecimientos históricos narrados son veraces, al igual que la historia de la familia Fliedner, las tertulias del Café Gijón y la existencia del edificio del Palacio de la Novela.

Luis Fernández-Vior fue un famoso escritor de novelas policiacas que trabajó como agente de policía antes de dedicarse a la escritura. También es veraz el librero Joaquín Guzmán de la Librería Nacional y Extranjera.

Todos los datos sobre la fundación de la Feria del Libro de Madrid son reales, así como la historia de su creador, Rafael Giménez Siles.

La recreación del Madrid de la República se ajusta lo más posible a la realidad, al igual que el Madrid asediado por el fascismo pero también controlado por las checas que aterrorizaron a gran parte de los ciudadanos.

La checa de Buenavista existió, así como los personajes descritos en ella y su salvaje trato a los prisioneros. También la Cárcel de mujeres de Ventas y algunos de los personajes que se describen en esta novela, como la directora o la compañera de celda de Bárbara.

Según el diario de Elfriede, la Librería Nacional y Extranjera se recogió entre los días 23 y 26 de octubre de 1939. Los libros y otros materiales se llevaron a los locales de la iglesia de El Redentor, en la calle Beneficencia, y al sótano del colegio El Porvenir. Hemos cambiado las fechas de cierre de la librería para que encajara con la trama de la novela

La construcción del Valle de los Caídos es sin duda uno de los monumentos al horror que mejor describe al personaje de Francisco Franco, un megalómano despiadado que controló con mano de hierro el país durante casi cuarenta años. La Falange Española y otros movimientos fascistas, además de la violencia organizada del ejército franquista, destruyeron la vida de decenas de miles de personas. Asimismo, forzaron al exilio a cientos de miles y arruinaron el tejido cultural y educativo del país durante décadas.

Sirva esta novela de homenaje a los libreros, que siempre mantuvieron viva la llama de la esperanza de que un mundo mejor era posible.

Cronología

1936

Febrero. El Frente Popular gana las elecciones nacionales y Azaña es nombrado presidente de España.

Marzo. El partido de ultraderecha Falange Española es prohibido.

Entre marzo y mayo. Disturbios callejeros; huelgas y anarquía generalizada en algunas regiones de España.

Julio. Levantamientos militares en el Marruecos español y en algunas zonas de la España continental. El Gobierno disuelve el ejército regular. El 19 de julio llega Franco para tomar el mando del ejército en Marruecos. Hitler acepta ayudar a los nacionales. Stalin decide ayudar a los republicanos. Aviones alemanes e italianos transportan por aire al ejército de Franco hasta la península ibérica.

Agosto. Llegan a España los primeros voluntarios de las Brigadas Internacionales.

Septiembre. Una junta militar nombra a Franco jefe de Estado y comandante en jefe de las fuerzas armadas de España.

Octubre. Llegan las primeras ayudas de Rusia para los republicanos.

Noviembre. Alemania e Italia reconocen a Franco como jefe del Gobierno español.

1937

Febrero. Los nacionales inician una gran ofensiva contra Madrid. Las Brigadas Internacionales juegan un papel importante en la resistencia de la ciudad.

Marzo. Batalla de Guadalajara. Los *voluntarios* italianos son derrotados, lo que conduce a que Franco abandone cualquier intento de tomar Madrid.

Abril. Guernica es destruida por bombardeos aéreos. Las facciones republicanas en Barcelona se enfrentan entre sí y debilitan gravemente el orden político y social en la ciudad.

Junio. Bilbao, una ciudad estratégica, cae en manos de los nacionales.

Agosto. El Vaticano reconoce el régimen de Franco.

1938

Abril. La España republicana queda dividida en dos por el empuje militar de los nacionales. Franco declara que los republicanos deben rendirse incondicionalmente.

Julio. Inicio del colapso del ejército republicano tras la batalla del Ebro.

Octubre. Las Brigadas Internacionales abandonan España.

1939

Enero. Barcelona cae en manos de Franco.

Febrero. Gran Bretaña y Francia reconocen la legitimidad del gobierno de Franco.

Marzo. Madrid se rinde a Franco.

Abril. Los republicanos se rinden incondicionalmente a Franco.

Índice

Índice